Nur die Lüge braucht die Stütze der Staatsgewalt, die Wahrheit steht von alleine aufrecht.

Thomas Jefferson (1743 – 1826)
3. Präsident der Vereinigten Staaten von Amerika

© 2017 Volker Jochim

Umschlag, Illustration: tredition,
Das Titelfoto wurde von Pixabay bereitgestellt und gemäß der Verzichtserklärung Creative Commons CC0 freigegeben

https://pixabay.com/de

Verlag: tredition GmbH, Hamburg

ISBN
Paperback   978-3-7439-3172-5
Hardcover   978-3-7439-3173-2
e-Book   978-3-7439-3174-9

Printed in Germany

Das Werk, einschließlich seiner Teile, ist urheberrechtlich geschützt. Jede Verwertung ist ohne Zustimmung des Verlages und des Autors unzulässig. Dies gilt insbesondere für die elektronische oder sonstige Vervielfältigung, Übersetzung, Verbreitung und öffentliche Zugänglichmachung.

Volker Jochim

Das September Komplott

Roman

Inhalt

1	Die Einreise	7
2	Die Vorbereitung	30
3	Der Angriff	37
4	Der Informant	74
5	Insiderhandel	92
6	Die Drohung	103
7	Die Piloten	112
8	Falsche Fakten	127
9	Die Anrufe	148
10	Ground Zero	165
11	Das Attentat	195

1

Die Einreise

Mark Phillips stand geduldig in der Schlange, die sich vor den Schaltern der Passkontrolle am Miami International Airport gebildet hatte. Vor knapp einer halben Stunde war er mit der Mittagsmaschine der American Airlines aus Venezuela gelandet und wartete nun darauf, irgendwann auch einmal an die Reihe zu kommen. Aber bei Fluggästen, die aus diesem Land, oder aus Kolumbien kamen, waren die Einreisekontrollen besonders streng und so hieß es warten. Zum Glück war der Flughafen klimatisiert.

Nach einer gefühlten Ewigkeit, es waren immerhin nur noch fünf Passagiere vor ihm, fing er aus Langeweile an die Umgebung in Augenschein zu nehmen. Seine Zeitung hatte er bereits zum zweiten Mal durchgelesen. Was sollte er auch sonst noch tun, außer im Stehen einzuschlafen?

Zuerst fiel ihm der Mann in dem grauen Anzug auf, der wie eine Statue neben dem Nachbarschalter stand und von dessen rechten Ohr ein helles Spiralkabel betont unauffällig im Revers seines Jacketts verschwand. Ein paar Schritte weiter standen noch zwei solcher Typen, die aussahen, als hätte man sie geklont.

„Gehen Sie doch weiter."

Die Frau hinter ihm hatte ihren Zeigefinger in den Rücken gebohrt.

„Sonst drängt sich noch jemand vor."

Er hatte doch tatsächlich nicht mitbekommen, dass nur noch vier Leute vor ihm waren und er einen Schritt aufrücken konnte.

Neben der Warteschlange am Nebenschalter erschienen plötzlich zwei Männer. Dem Aussehen nach, mit ihrem dunklen Teint und den schwarzen Haaren, kamen sie wohl aus dem arabischen Raum. Sie sahen sich kurz um, dann wurden sie von den beiden Anzugträgern angesprochen und schon waren sie durch einen Seitenausgang verschwunden. Und das ohne jegliche Wartezeit. „Die müssen ja etwas ganz Besonderes sein", dachte Phillips, der sich gleich wieder umdrehte, als sein Interesse an dieser Szene der Statue mit dem Knopf im Ohr zu missfallen schien.

„Sie kommen aus Caracas, Mr. Phillips?"

Der Mann am Schalter sah ihn misstrauisch an.

„Was war der Zweck Ihres Aufenthalts?"

„Das war beruflich."

„So, was machen Sie denn beruflich in Caracas?"

„Ich habe für einen Artikel recherchiert."

„Ach, Sie sind Schriftsteller? Schreiben Sie Krimis?"

Ein Kollege des Mannes erschien hinter dem Schalter.

„Ich soll dich zur Pause ablösen."

„Nein, ich schreibe keine Krimis. Ich bin Journalist und schreibe für die Washington Post", erwiderte Phillips genervt, „hier ist mein Presseausweis."

„Ach so, danke. Was machen Sie hier in Florida? Auch rechercherieren?", fragte der Beamte mit einem Augenzwinkern und gab ihm seine Papiere zurück.

„Ich lege mich drei Tage an den Strand und fliege dann zurück nach Washington. Aber was war das denn hier nebenan für eine Aktion?"

Der Mann wurde ernst und stand auf, um seiner Ablösung Platz zu machen.

„Ich weiß nicht, was Sie meinen."

„Ich meine das, was gerade hier abgelaufen ist. Wir stehen hier eine Ewigkeit an der Einreise und da kommen ein paar Ausländer, offenbar arabischer Herkunft, werden von zwei Schlipsträgern in Empfang genommen und unkontrolliert durch die Hintertür einfach ins Land gebracht. Hier nebenan steht ja auch noch so einer rum. Was war das?"

Der Mann sah seinen Kollegen an, drehte sich wortlos um und verschwand. Phillips nahm seine Papiere und ging ebenfalls um die Mietwagenschalter zu suchen, die er dann schließlich in der Nähe der Gepäckausgabebänder fand.

„Hier sind die Schlüssel und die Wagenpapiere, Mr. Phillips. Den Wagen finden Sie auf dem Parkplatz gegenüber dem Ausgang in Ebene zwei. Ich wünsche einen angenehmen Aufenthalt."

Er bedankte sich bei der freundlichen, jungen Dame und machte sich auf den Weg zur Rolltreppe. Auf dem Weg dorthin wurde er plötzlich von einem Mann angesprochen und er erkannte den Beamten vom Einreiseschalter.

„Kommen Sie bitte mit hierhin, Mr. Phillips", sagte der Mann und zog ihn neben eine Säule, „hier sieht uns keine Kamera."

„Was gibt es denn so geheimnisvolles?" fragte Phillips, dessen journalistische Neugier bei dieser Aktion natürlich geweckt war.

Der Mann blickte sich nach allen Seiten um. Er sah aus, als hätte er Angst vor irgendetwas.

„Mr. Phillips, es ist nicht ungefährlich für mich hier mit Ihnen zu sprechen. Verstehen Sie?"

„Also ehrlich gesagt, verstehe ich momentan gar nichts. Was ist daran gefährlich mit mir zu reden?

Um was geht es eigentlich?"

„Um die Geschichte vorhin am Schalter. Sie wissen schon, die Araber."

„Ich dachte Sie wissen nichts davon, Mr. ...?"

Wieder sah er sich nach allen Seiten um und drückte sich noch enger an die Säule. Kleine Schweißperlen standen auf seiner Stirn.

„Bullet, Sam Bullet. Man hat uns zur absoluten Verschwiegenheit verpflichtet. Das kam von ganz oben."

Dabei sah er zur Decke und hob vorsichtig den Zeigefinger.

„Ich kann aber nicht darüber hinwegsehen, dass da etwas nicht stimmt. Als Sie sagten, dass Sie für die Washington Post schreiben, hatte ich gleich Vertrauen zu Ihnen. Die haben das ja auch damals mit Präsident Nixon herausgefunden, nicht wahr?"

„Sie meinen den Watergate Skandal? Ja, das waren Bob Woodward und Carl Bernstein, frühere Kollegen von mir."

„Genau, die hab ich im Kino gesehen. Tolle Jungs."

Phillips wunderte sich über die Schlichtheit dieses Mannes, aber so war ein Großteil seiner Landsleute. Sie hielten Hollywood für die Realität.

„Redford und Hoffman haben die Kollegen nur

gespielt, Sam. Ich darf Sie doch Sam nennen?"

"Ja natürlich Mr. Phillips."

"Mark, sagen Sie bitte einfach Mark."

"Gerne. Also das, was Sie da gesehen haben, ist kein Einzelfall gewesen. Das kam schon mehrmals vor. Die Jungs in den Anzügen sind von der CIA. Die nehmen die Araber in Empfang und nehmen sie einfach mit. Die lassen sie praktisch unkontrolliert einreisen. Da stimmt doch etwas nicht, oder?"

"Würde ich auch so sehen. Was hat man Ihnen denn gesagt?"

"Nur, das wir nicht darauf achten und die Klappe halten sollen. Man hat uns sogar mit Gefängnis gedroht. Verstehen Sie nun, warum ich so vorsichtig bin?"

"Sicher verstehe ich das. Wissen Sie denn, wohin man die Araber bringt, sofern es sich wirklich um solche handelt, oder woher sie kommen?"

"Die heute kamen aus Frankfurt in Deutschland über London. Es kamen auch schon welche direkt aus Frankfurt, oder über Madrid. Wohin man sie bringt, weiß ich nicht. Ein Kollege hat mir mal erzählt, dass er sie vor dem Terminal auf dem Parkplatz gesehen hat, wie sie mit den CIA Leuten in einen schwarzen Van gestiegen sind. Mehr weiß ich nicht. Danke fürs Zuhören. Ich bin jetzt erleichtert."

„Danke Ihnen, machen Sie's gut, Sam."

Phillips sah dem Mann nach, bis er in der Menge verschwand und überlegte, was er nun mit dem eben Gehörten anfangen könnte. Zuerst einmal nichts. Er fuhr nach oben und trat hinaus in die nachmittägliche Hitze, die um diese Uhrzeit schwül und schwer über der Stadt lag. Sein Wagen stand glücklicherweise gleich in der ersten Reihe. Er warf seine kleine Tasche und seinen Laptop auf den Rücksitz und wollte gerade einsteigen, als er direkt vor dem Terminal den CIA Agenten wieder sah, der vorhin noch neben dem Schalter der Einreise gestanden hatte. Er ging direkt auf einen schwarzen Chrysler mit abgedunkelten Scheiben zu und stieg ein. Umgehend setzte sich der Van in Bewegung und fuhr los.

„Jetzt wird's interessant", dachte Phillips, stieg ein, kurvte vom Parkplatz und versuchte den Wagen nicht aus den Augen zu verlieren. Zuerst ging es ein paar Kilometer auf der State Road 836 nach Westen, dann über die 826 nach Norden. Kurz darauf nahm der Wagen die Ausfahrt zum Interstate Highway 75. Auf dieser schnurgeraden Strecke konnte er genügend Abstand lassen, um nicht bemerkt zu werden. Er schaltete die Klimaanlage ab, öffnete das Fenster und ließ sich den Fahrtwind um die Nase wehen.

Nach dreieinhalb Stunden Fahrt erreichten sie das Städtchen Venice an der Westküste Floridas. Gerade noch rechtzeitig bemerkte Phillips, dass der Van die Geschwindigkeit drosselte und die Ausfahrt nahm.

„Was wollen die denn hier in diesem Nest", fragte er sich, als sie wieder eine Weile zurück nach Süden fuhren, um dann plötzlich nach rechts auf die Center Road einzubiegen. Hier bekam er seine Antwort. Auf Höhe von Venice Gardens sah er ein Hinweisschild zum Flughafen und er war sich sicher, dass die Fahrt dort enden würde. Der Van bog in die Airport Avenue ein und fuhr auf einen Parkplatz. Phillips hielt schräg gegenüber in einer Seitenstraße und beobachtete im Rückspiegel, wie die drei CIA Agenten, die er schon in Miami am Flughafen gesehen hatte, gemeinsam mit ihren zwei ausländischen Fahrgästen ausstiegen und auf ein flaches Gebäude zugingen, um ein paar Minuten später wieder alleine herauszukommen. Als der Van abgefahren und außer Sichtweite war, fuhr Phillips auch auf diesen Parkplatz, um sich das Gebäude näher anzusehen. Es handelte sich um eine Flugschule. Warum zum Teufel wurden einfache Flugschüler vom CIA in Miami an den Einreisekontrollen vorbei ins Land geholt und dann über zweihundert Meilen entfernt zu einer kleinen Flugschule in der Provinz gebracht? Das ergab keinen

Sinn. Um dieser Sache nachzugehen, würde er halt seine drei freien Tage hier in Venice, statt in Miami verbringen. Ein paar hundert Meter weiter vorne hatte er das Hinweisschild eines Holiday Inn gesehen. Dorthin fuhr er nun und nahm sich ein Zimmer.

***

Mark Phillips war ein mittelgroßer, unauffälliger Mittvierziger, dunkelblond mit schon leicht angegrauten Schläfen und sportlicher Figur, der sich als investigativer Journalist einen Namen gemacht hatte.

Am nächsten Morgen war er schon früh auf den Beinen. Dank eines gut klimatisierten Zimmers hatte er tief und fest geschlafen. Von den Reisestrapazen keine Spur mehr. Nach einem ausgiebigen Frühstück mit Kaffee, Orangensaft, Rührei und Roggentoast, steckte er sich vor der Türe eine Zigarette an und fuhr gemächlich zu dieser Flugschule, die gestern Abend den merkwürdigen Besuch bekommen hatte. Auf dem Flugfeld war schon Betrieb. Eine Beechcraft Bonanza, mit dem typischen V-Leitwerk, rollte zum Start.

Er sah sich um. Vor dem Gebäude standen einige kleinere Flugzeuge in einer Reihe. Vor dem Eingang zu den Büroräumen parkte ein neuer Pickup mit dem Logo der Flugschule auf der Türe. Ein Mann in einem Overall machte sich an einer der Maschinen zu schaffen.

Die Beechcraft war gestartet und während er ihr nachsah, wie sie in den blauen Himmel entschwand, bemerkte er auf einer Grünfläche nahe dem Flugfeld kleine Zelte und die Wohnwagen eines kleinen Wanderzirkus. Zwei dieser Zirkusleute standen am Zaun. Sie hatten Ferngläser in den Händen, deren Linsen sich in der Morgensonne spiegelten, und beobachteten das Treiben auf dem Flugfeld.

„Wahrscheinlich Spotter", dachte er, obwohl es ja hier nichts Besonderes zu sehen gab.

Plötzlich kamen drei Männer aus dem Gebäude und gingen zielstrebig auf eine der davor abgestellten Maschinen zu. Zwei dieser Gruppe erkannte er sofort wieder. Es waren die beiden Ausländer, die gestern Abend von den CIA Agenten hier abgesetzt wurden.

„Was zum Teufel soll das? Die werden doch nicht einfach nur Flugstunden nehmen? Wofür dann der ganze Aufwand gestern am Flughafen in Miami?", wunderte sich Phillips.

Zwischenzeitlich waren die drei Männer in eine Cessna geklettert. Die kleine Maschine rollte in Richtung Startbahn. Dort blieb sie ein paar Sekunden stehen, dann beschleunigte sie.

„Das muss aber ein richtiger Anfänger sein",

dachte er, als die Cessna anfänglich leichte Schlangenlinien fuhr, bevor sie offenbar vom Fluglehrer geradegezogen wurde und abhob. „Und deshalb verzichte ich auf ein kühles Bier am Strand von Miami Beach."

Aber wenn er nun schon einmal hier war, konnte er sich auch umschauen. Das Wetter war ohnehin genauso schön wie in Miami und noch einmal zurückfahren lohnte nicht. Langsam schlenderte er am Flugfeld entlang. Plötzlich fühlte er sich beobachtet und als er zu diesem Zirkus hinüber blickte, sah er, dass einer der beiden, die bislang das Treiben auf dem Flughafen beobachtet hatten, ihn mit dem Fernglas anvisierte. Phillips beschloss ihnen einen Besuch abzustatten. Vielleicht konnte er dabei etwas über das Treiben in dieser Flugschule in Erfahrung bringen. Als sie bemerkten, dass er näher kam, wandten sie sich wieder den Flugzeugen zu.

„Einen wunderschönen guten Morgen wünsche ich."

Phillips hatte den kleinen Zirkus erreicht und wurde misstrauisch beäugt. Die beiden Männer sahen seiner Meinung nach nicht gerade wie Zirkusleute aus. Sie trugen zwar Jeans und karierte Hemden, sahen aber nicht wie körperlich hart arbeitende Menschen aus. Eher so, als wenn sonst ein klimatisiertes

Büro ihr Zuhause war.

„'Morgen", sagte einer der Männer nicht gerade freundlich und musterte ihn von oben bis unten.

„Als ich Sie mit Ihren Ferngläsern sah, fragte ich mich, was es hier denn so interessantes zu beobachten gibt."

„Wir schauen nur den Fliegern zu, wenn wir Zeit haben."

„Sind sie von hier?"

„Wir sind ein Wanderzirkus", mischte sich der andere ein, „wir sind mal hier und mal da. Und Sie?"

„Ach so", ignorierte er die Frage. „Ist Ihnen hier irgendetwas Besonderes aufgefallen?"

Die beiden sahen ihn argwöhnisch an.

„Nein, was soll uns hier schon auffallen?"

„Na, dann viel Erfolg!", Phillips winkte ihnen noch kurz zu und überließ sie dann ihren Beobachtungen. Irgendwie hatte er das unbestimmte Gefühl, dass etwas nicht stimmte und er unerwünscht war.

Auf dem Rückweg sah er, wie die Cessna mit den arabischen Flugschülern schwankend in Richtung Landebahn eindrehte und dann gerade gezogen wurde. Offenbar hatte der Fluglehrer wieder eingegriffen, um eine mögliche Bruchlandung zu verhindern.

Im Foyer des Hotels nahm er sich eine Ausgabe

des Miami Herald, dann fuhr er zum Strand. Seinen Wagen ließ er auf einem Parkplatz am Brohard Park stehen. Der lange, schmale Sandstrand war trotz des schönen Wetters fast menschenleer. Phillips setzte sich in den warmen Sand und sah hinaus auf die endlos scheinende Wasserfläche, die am Horizont flimmernd, wie eine Fata Morgana, in den blauen Himmel überging. Er genoss noch eine Weile diese Stimmung und die Ruhe, dann schlug er die Zeitung auf. Als er sich bis zu den Lokalnachrichten durchgearbeitet hatte, fiel ihm ein kleiner Artikel ins Auge. *Tragischer Unfall am Miami International Airport,* las er. *Sam Bullet, ein Mitarbeiter der Einreisebehörde, wurde beim Überqueren der Straße in der Nähe des Terminals von einem Wagen erfasst und so schwer verletzt, dass er noch am Unfallort verstarb. Der Unfallfahrer flüchtete. Von ihm fehlt bisher jede Spur. Bei dem Fahrzeug soll es sich nach Aussagen der wenigen Zeugen um einen dunkelblauen oder schwarzen Pickup handeln. Die Polizei hat eine Fahndung eingeleitet.*

„Armer Kerl", dachte Phillips, faltete die Zeitung zusammen und machte sich auf den Weg zurück zum Hotel.

Dort hielt zu seiner Überraschung gerade ein Wagen der Flugschule, aus dem die beiden ausländischen Flugschüler ausstiegen. Er ging ihnen nach ins

Foyer. Dort hatte sich eine Gruppe junger Leute niedergelassen, die sich angeregt, aber leise in einer Sprache unterhielten, die er nicht verstand. Die Gruppe bestand insgesamt aus fünf Männern und drei Frauen. Alle etwa zwanzig bis fünfundzwanzig Jahre alt.

„Könnte hebräisch sein", dachte er und setzte sich in den einzigen freien Sessel.

Die Gruppe stellte ihre Unterhaltung ein. Zwei von ihnen sahen Phillips an, während die anderen den Tresen im Auge hatten, an dem gerade die beiden Flugschüler standen.

„Hallo, wo kommen Sie her, wenn ich fragen darf?"

„Wir sind Kunststudenten aus Tel Aviv", sagte eine junge Frau, „wir studieren für ein Semester an der University of Florida in Miami."

„Ah, sehr schön. Na, dann viel Erfolg!"

Phillips nahm seine Zeitung und tat so, als ob er sich intensiv damit befassen würde. Und wieder hatte er das unbestimmte Gefühl, dass hier etwas nicht stimmte.

***

Nach einer sehr unruhigen Nacht war Mark Phillips schon früh auf den Beinen. Um die Müdigkeit aus den Knochen zu bekommen, nahm er eine kalte

Dusche. Danach fühlte er sich in der Tat etwas besser. Der Geist Sam Bullets war ihm im Schlaf erschienen und wollte etwas mitteilen. Doch jedes Mal, bevor er etwas sagen konnte, verschwand das von Angst gezeichnete, blutverschmierte Gesicht dieses Mannes. Phillips kam zu der Überzeugung, dass mit diesem Unfall etwas nicht stimmen konnte und er beschloss, der Sache nachzugehen. Nach einem kurzen Frühstück checkte er aus und fuhr nach Miami zurück.

Um etwas über diesen Unfall, sofern es denn überhaupt einer war, in Erfahrung zu bringen, gab es keine bessere Quelle, als seine Kollegen von der schreibenden Zunft. Er stellte seinen Wagen auf dem Parkplatz vor der herrlich am Wasser gelegenen Redaktion des Miami Herald ab und betrat das Gebäude. Sein Büro in Washington lag auch nicht schlecht, aber bei dieser Lage hier konnte man schon neidisch werden. Er fragte sich zur Lokalredaktion durch und fand auch gleich den Journalisten, der den Artikel über den Unfall verfasst hatte.

„Oh, welch hoher Besuch! Ein Kollege der Washington Post in unserer bescheidenen Hütte. Was kann ich denn für Sie tun?"

„Tja, Mr. Robson, wenn ich die Lage Ihres Büros mit der meines Büros vergleiche, würde ich gerne tauschen. Sie könnten mir aber tatsächlich helfen. Ich habe gestern Ihren Artikel über den Unfall am Airport gelesen. Ich würde gerne mehr darüber erfahren."

„Was ist daran so interessant? Ein Mann wurde überfahren und der Fahrer ist abgehauen. War vielleicht so ein scheiß Junkie. Das ist alles. So etwas passiert halt immer mal wieder."

„Ich denke, da ist mehr dran."

„Und wieso denken Sie das? Könnten Sie einen Provinzjournalisten an Ihren Überlegungen teilhaben lassen?"

„Warum so feindselig? Ich dachte, wir sind Kollegen. Ich arbeite bei der *Post*, weil ich in Washington geboren und aufgewachsen bin und immer noch dort lebe. Deswegen bin ich trotzdem nicht mehr als ein ganz normaler Schreiber, der seinen Storys hinterher rennt, genau wie Sie."

„Tut mir leid. Sie haben recht. Gehen wir etwas essen? Dann erzähle ich Ihnen, was ich weiß und Sie dürfen dafür bezahlen."

Sie fuhren über den Venetian Causeway auf die Belle Isle, eine der Inseln zwischen Miami und Miami Beach. Das Lokal, das Frank Robson ausgesucht hatte, war ein Traum. Von der Terrasse aus hatten sie einen herrlichen Blick auf die Bucht und in diesem

Moment hatte Phillips den dringenden Wunsch hier bleiben zu wollen. Sie bestellten Pasta mit Meeresfrüchten und eine gut gekühlte Flasche Kalifornischen Chardonnay. Während des Essens erzählte Robson seinem Kollegen, was er über diesen Unfall wusste.

„… und die Polizei fahndet noch immer erfolglos nach diesem Pickup. Das ist alles. Und jetzt sind Sie dran. Warum glauben Sie nicht an einen Unfall?"

„Ich kannte diesen Mann …"

Robson sah ihn verständnislos an.

„… nein, nicht persönlich. Als ich vorgestern hier in Miami am Flughafen ankam, saß dieser Sam Bullet am Schalter bei der Einreise. Bevor ich überhaupt abgefertigt wurde, hatte ich zufällig etwas beobachtet …"

Und Phillips erzählte seinem Kollegen ausführlich was sich am Flughafen ereignet hatte, bis hin zu seinem Abstecher nach Venice.

„Als ich dann Ihren Artikel las, dachte ich mir erst nichts dabei, aber heute Nacht ging mir die Geschichte nicht mehr aus dem Kopf. Vielleicht spinne ich ja und es ist nichts dran, aber wenn doch …?"

Robson kratzte sich am Hinterkopf und starrte einen Moment ins Leere.

„So abwegig ist das nicht, Mr. Phillips…"

„Mark, sagen Sie Mark."

„Ok, Mark, ich bin Frank. Also wie gesagt, so abwegig ist das nicht. Wir haben schon von einigen Flugschulen in Florida gehört, bei denen Flugschüler aus dem arabischen Raum Stunden nehmen. Meistens jedoch ohne Erfolg und interessiert hat es bisher auch niemanden. Wir haben auch schon die Einwanderungsbehörde kontaktiert, doch die haben uns nur gesagt, da sei nichts dran, sie hätten die Sache im Auge und wir sollten uns aus nationalem Interesse raushalten. Wenn es Ihnen recht ist, bleibe ich da dran."

„Das wäre super, danke. Ach, da fällt mit noch etwas ein. Am Flugfeld in Venice sah ich einen Wanderzirkus. Zwei der Zirkusleute haben mit Ferngläsern das Geschehen dort beobachtet. Als ich mit ihnen ins Gespräch kommen wollte, kam ich mir unerwünscht vor. Jedenfalls kamen sie mir auch nicht wie Zirkusleute vor. Als ich später ins Hotel zurückkam, standen gerade die beiden Flugschüler im Foyer. Dort saß auch eine Gruppe junger Leute die, so hatte ich das Gefühl, die beiden beobachteten. Sie erzählten mir, sie wären Kunststudenten aus Israel, die an der University of Florida in Miami studieren würden. Das kam mir auch etwas seltsam vor."

„Da haben Sie wohl recht. Da stimmt was nicht."

„In wie fern?"

„Nun ja, die University of Florida ist nicht in Miami, sondern in Gainesville. In Miami ist die Florida international University und dort gibt es, soviel ich weiß, keinen künstlerischen Studiengang. Den gibt es aber in Gainesville. Das sind fünf Autostunden."

„Das ist in der Tat seltsam. Was machen die dann in Venice? Bleiben wir in Kontakt."

Sie tauschten ihre Visitenkarten aus und Phillips beglich die sündhaft teure Rechnung.

„Ich würde noch gerne die Unfallstelle sehen. Hätten Sie noch so viel Zeit?"

„Klar, zeige ich Ihnen."

Robson brachte Phillips zum Redaktionsgebäude, wo er seinen Mietwagen stehen gelassen hatte. Dann fuhren sie zum Flughafen, wo er den Wagen zurückgab.
Anschließend zeigte ihm Frank Robson die Unfallstelle.

„Hier auf der Perimeter Road war es. Direkt vor der Kurve."

„Komisch."

„Was ist komisch?"

„Na ja, es ist eine recht einsame Stelle, besonders so spät am Abend. Was hatte er hier gewollt? Das ist doch bestimmt über eine Meile bis zum Terminal und gewohnt hat er hier wahrscheinlich auch nicht."

"Wahrscheinlich nicht, da haben Sie wohl recht. Das lässt sich aber schnell herausfinden."

"Was genau haben denn die Zeugen gesehen?"

"Es waren drei Leute auf dem Weg zum Airport. Ein älteres Ehepaar und ein Bekannter von ihnen. Sie kamen mit ihrem Wagen von Westen über die Zwölfte Straße. Ein paar Meter weiter vorne kam ihnen der Pickup mit hohem Tempo und aufgeblendeten Scheinwerfern entgegen und hier sahen sie dann die leblose Gestalt mitten auf der Straße liegen. Sie hielten sofort an, sicherten die Stelle mit einem Blinklicht ab und riefen die Polizei. Ein Kollege hörte davon im Polizeifunk und gab mir eine entsprechende Notiz. Als ich hier ankam, war schon alles vorbei. Ein Polizist erzählte mir dann die ganze Geschichte und dass der Tote von dem Pickup überrollt worden sei."

"Wenn Sie jetzt noch herausfinden, dass dies hier nicht sein normaler Heimweg war, dann haben Sie eine Story, an der es sich lohnt dran zu bleiben."

"Sie glauben also, da ist etwas faul?"

"Mit der Vorgeschichte auf jeden Fall. Da er mit Sicherheit nicht hier gewohnt hat, müsste er ja eigentlich mit dem Bus oder mit seinem Wagen zum Flughafen gekommen sein. Wenn dem so ist, war er bestimmt nicht freiwillig hier. Es würde sich bestimmt auch lohnen, den Gerichtsmediziner zu befragen."

„Junge, Junge, das klingt gut. Davon habe ich schon lange geträumt. Was machen Sie jetzt?"

„Ich fliege zurück. Mein Chef erwartet mich. Aber halten Sie mich auf dem Laufenden."

„Versprochen! Danke Mark! Ich fahr Sie noch zu rück."

***

Mark Phillips war schon lange von seiner alltäglichen Routine wieder eingeholt, als sein Telefon läutete. Es war Frank Robson. An den hatte er schon fast nicht mehr gedacht.

„Hallo Frank, wie geht es Ihnen?"

„Bestens! Sie hatten recht. Sie hatten mit allem recht!", Robsons Stimme klang aufgeregt und Phillips rief sich sofort die Ereignisse von Miami ins Gedächtnis zurück.

„Also, Sam Bullet hatte ein kleines Haus in der Fünften Straße SW, das sind über drei Meilen bis zum Airport. Seine Frau sagte mir, dass er mit einem silbernen Toyota zur Arbeit gefahren sei, aber die Polizei hätte den Wagen nicht gefunden. Ich hatte ihn nach knapp fünfzehn Minuten auf seinem Parkplatz am Flughafen entdeckt. Die haben das Auto nicht einmal gesucht."

„Dann war er vielleicht schon tot, als er zur Unfallstelle gebracht wurde und man hat ihn dort überrollt, um es wie einen Unfall aussehen zu lassen."

„Sieht so aus. Der Gerichtsmediziner wollte mir zuerst nichts sagen, aber nach ein paar Gläsern Whiskey wurde er dann gesprächig. Die Todesursache war nicht der Unfall, sondern eine Schädelfraktur, verursacht durch einen Schlag mit einem stumpfen Gegenstand. Der Doc tippt auf einen Schlagstock, denn er fand schwarz lackierte Holzpartikel in der Wunde und die würden auf die üblichen Polizeischlagstöcke passen. Überfahren wurde er definitiv *post mortem*."

„Da könnte man ja eine Untersuchung einleiten, wenn die Polizei oder ein ähnlicher Verein mit drinhängt."

„Geht leider nicht. Die Leiche wurde umgehend zur Einäscherung freigegeben und der pathologische Bericht inklusive der gefundenen Holzsplitter wurden beschlagnahmt. Angeblich von der CIA."

„Das ist ja ein dickes Ding. Bleiben Sie dran?"

„Natürlich, diese Chance lasse ich mir nicht entgehen. Sie hören von mir."

Phillips rieb sich die Hände. Das könnte interessant werden. Endlich wieder einmal eine Story, die ihm gefiel und nicht immer die Recherchen über

Drogenkartelle und illegale Einwanderer, oder die Kriegstreiberei der Bush Administration. Da fiel ihm ein, dass er sich ja noch über die diversen Flugschulen erkundigen wollte, bei denen Araber Flugstunden genommen haben sollen, wie Frank Robson ihm erzählt hatte. Er nahm den Telefonhörer wieder zur Hand und begann eine Reihe seiner Kontakte abzutelefonieren. Nach einer knappen Stunde lehnte er sich in seinem Schreibtischsessel zurück. Was er erfahren hatte machte ihn nachdenklich, aber was sollte er mit diesen Informationen anfangen? Außer der Geschichte in Venice, bei der er selbst zugegen war und den anderen Flugschulen in Florida, von denen Frank berichtet hatte, gab es wohl noch eine Flugschule in Norman, Oklahoma, wo ein Franzose marokkanischer Abstammung, Flugstunden genommen hatte, allerdings mit mäßigem, oder besser gesagt, keinem Erfolg. Illegal war das alles nicht, doch was die Sache so interessant machte, war die Tatsache, dass die Araber in Florida von der CIA an der Einwanderungsbehörde vorbei ins Land geholt wurden und der Franzose in Oklahoma offenbar auch ohne Visum eingereist war. Dazu kam noch die Geschichte, die Sam Bullet ihm kurz vor seinem gewaltsamen Tod erzählt hatte. Er würde auf jeden Fall dran bleiben.

2

Die Vorbereitung

James P. O'Leary stand vor seinem übergroßen Wandspiegel im Schlafzimmer seines New Yorker Appartements. Er knöpfte den braunen Zweireiher zu und schnippte ein unsichtbares Stäubchen vom Revers. Im Flur nahm er noch seinen sorgsam gepackten Aktenkoffer vom Tisch und verließ das Haus.

Vor ein paar Wochen noch war er am Boden zerstört. Er, der anerkannte Terrorismusexperte des FBI, sollte kaltgestellt werden. Er wurde von allen seinen Aufgaben entbunden und auf ein Seminar zur psychologischen Vorbereitung auf den vorzeitigen Ruhestand geschickt. Und das mit gerade einmal neunundvierzig Jahren. Man hatte ihn abgeschoben. Aus fadenscheinigen Gründen, wie er fand. Die verschwundene Aktentasche mit geheimen Dokumenten diente seiner Meinung nach nur als Vorwand. Sicher, es waren brisante Papiere über die Terrorismusabwehr in New York, aber nach seiner Degradierung tauchte die Tasche unversehrt wieder auf. Es fehlte nichts. Auch das verlorene Diensthandy rechtfertigte kein solches Vorgehen.

Als er vor sechs Jahren zum Leiter der Abteilung Terrorismusbekämpfung beim FBI ernannt wurde, glaubte er, eine glänzende Karriere vor sich zu haben. Noch im gleichen Jahr machte er von sich Reden, als er maßgeblich an der Verhaftung und Auslieferung von Ramzi Yousef, einem der Drahtzieher des Bombenanschlags von 1993 auf das World Trade Center, beteiligt war. Zwei Jahre später wechselte er zur FBI-Außenstelle nach New York, wo er als verantwortlicher Special Agent für Terrorabwehr und nationale Sicherheit arbeitete. In der Folgezeit begann er sich für Osama bin Laden und Al-Qaida zu interessieren und warnte vor einer islamistischen Bedrohung durch dieses Netzwerk, was allerdings, sehr zu seiner Verwunderung, bei seinen Vorgesetzten wenig Gehör fand. Als es dann zu den Anschlägen auf die Botschaften in Daressalam und Nairobi kam, bei denen ein islamistischer Hintergrund vermutet wurde, dachte er, dass er mir seiner Erfahrung auf diesem Gebiet zum Ermittlungsteam gehören würde, aber er blieb völlig außen vor und andere Kollegen wurden mit den Ermittlungen betraut. Gleichermaßen sank sein ehemals hohes Ansehen innerhalb des FBI.

Erst im vergangenen Jahr, nach dem Anschlag auf die *USS Cole*, schickte man ihn in den Jemen, um mögliche Hintergründe aufzuklären. Vor Ort wurde jedoch seine Arbeit massiv von der dortigen Botschafterin behindert. Frustriert kehrte er nach vier Wochen zurück in die USA, um seine mangelhaften Arbeitsbedingungen anzuprangern. Eine erneute Rückkehr in den Jemen wurde aber dann von der Botschafterin erfolgreich blockiert, sodass er die Ermittlungen erfolglos abschließen musste. Schon damals beschlich ihn das Gefühl, dass bestimmte politische Kreise überhaupt nicht an einer Aufklärung interessiert waren und er wegen seiner Hartnäckigkeit ausgebremst werden musste.

Vor einigen Wochen erfuhr er dann, dass wegen des Verlustes der Aktentasche intern gegen ihn ermittelt wurde und er in den vorzeitigen Ruhestand geschickt werden sollte. Kurz darauf tauchte die Tasche zwar unbeschädigt und mit offenbar unangetastetem Inhalt wieder auf, aber er quittierte entnervt den Dienst.

Dann erhielt er vor zwei Tagen den Anruf, der sein Leben verändern sollte. Niemand geringeres als Jason Hughes, der Direktor der Mollar Associates, bot ihm den Posten als Sicherheitschef des World Trade Centers an. Er hatte das Gefühl, als ob sich der

Kreis geschlossen hätte. Sein erster größerer Fall brachte die Verhaftung eines Attentäters, der einen Bombenanschlag auf das World Trade Center verübt hatte und nun sollte er genau dort für die Sicherheit verantwortlich sein.

So machte er sich an diesem heißen Tag Ende August auf den Weg, den Vertrag zu unterzeichnen.

***

Es war Anfang September. Nach einer kurzen Phase der Abkühlung lag wieder eine Hitzeglocke über New York und das Thermometer zeigte über siebenundzwanzig Grad Celsius. Am späten Nachmittag hatten sich die Gebäude des World Trade Centers schon fast geleert und tausende von Angestellten eilten zu den umliegenden Metro Stationen. Zwei Lieferwagen eines Elektronikunternehmens fuhren auf die World Trade Center Plaza und hielten vor dem Nordturm, dem WTC 1. Sechs Männer in orangefarbenen Overalls stiegen aus, öffneten die Schiebetüren und luden Kisten, Kabelrollen und diverses Werkzeug auf mehrere Sackkarren. Als die Wagen ausgeräumt waren, blieben die Männer einfach stehen. Gerade so, als ob sie auf etwas oder jemanden warten würden. Ein paar Minuten später hielt ein silberner Chevrolet Impala vor ihnen. Ein Mann in einem dunkelgrauen Anzug stieg aus. Er war etwa Mitte vierzig und hatte bereits leicht angegraute Schläfen. Er nickte den Männern kurz zu, dann ging er in Richtung des Eingangsbereichs zum Nordturm und betrat das Gebäude. Im Foyer wurde er bereits von James P. O'Leary erwartet.

„Guten Tag, Mr. Miller. Mr. Hughes Büro hat uns bereits informiert."

„Gut. Sind die Büros geräumt?"

„Es sind noch siebzehn Personen in diesem und achtunddreißig im anderen Gebäude. Sie sind aber alle auf dem Weg nach unten. Die Untergeschosse sind frei, die Tiefgarage gesperrt und die Alarmanlagen und Kameras abgeschaltet. Sie können also schon mit Ihren Arbeiten unten beginnen."

„Sehr gut, Mr. O'Leary. Gab es Probleme?"

„Nein, nur ein paar Fragen, worum es geht. Wir haben eine offizielle Info herausgegeben, dass heute und in den nächsten Tagen Wartungsarbeiten an den Sicherheitsanlagen durchgeführt werden müssen."

„Dann schicke ich die Männer rein. Schönen Abend noch."

Zufrieden wartete O'Leary bis auch die letzten ihre Büros verlassen hatten. Zufrieden deshalb, weil sein Arbeitgeber das neue Sicherheitskonzept so schnell umsetzen ließ, obwohl er erst ein paar Tage im Amt war.

„Sie können auch gehen, Miss Baker."

Shelly Baker arbeitete an der Rezeption und beobachtete skeptisch die Männer in den orangefarbenen Overalls, die massenweise Kisten und Kabel in die Aufzüge schleppten.

„Ist gut, Mr. O'Leary. Dann bis morgen."

***

Die ganze Nacht hindurch hallte der Lärm von Bohr- und Schleifmaschinen durch das Gebäude, doch es war niemand da, den es störte, oder der Fragen gestellt hätte.

Als am nächsten Morgen die ersten Angestellten wieder in ihre Büros strebten, war von den nächtlichen Aktivitäten nichts mehr zu sehen.

Ähnliches wiederholte sich in den kommenden Tagen. Auch im Südturm und den Gebäuden sechs und sieben fanden diese Arbeiten statt. Und immer in der Nacht. Nur bei Gebäude sieben, das nicht auf der World Trade Center Plaza, sondern auf der anderen Straßenseite, zwischen Vesey Street und Barcley Street stand, war etwas anders.

Am Abend des 10. September hielt, nachdem die Männer in den orangefarbenen Overalls gegangen waren, ein schwarzer Van mit abgedunkelten Scheiben vor dem Gebäude. Vier Männer in dunklen Anzügen stiegen aus und betraten das WTC7. Zwei von ihnen trugen eine schwarze Metallkiste, die anderen jeweils einen mittelgroßen Koffer. Während der Van ein Stück weiter geparkt wurde, gingen die Vier zielstrebig zur Kommandozentrale des New Yorker Bürgermeisters, die vor einiger Zeit mit großem Kostenaufwand von Jason Hughes, dem Direktor der Mollar Associates, dort im dreiundzwanzigsten Stockwerk eingerichtet wurde.

Die Männer arbeiteten schnell und ohne ein Wort zu sprechen. Auf einem Tisch vor der nach Süden gerichteten Fensterfront wurden Steuerungseinrichtungen aufgebaut und dutzende von Kabeln zu den Schaltanlagen verlegt. Zuletzt wurden einige Hochleistungsrichtantennen installiert.

Noch ein kurzer Blick, dann verschwanden die Vier wieder so schnell und leise, wie sie gekommen waren.

„Erledigt", sagte einer der Männer in ein unsichtbares Mikrofon, das er am linken Handgelenk, versteckt im Ärmel seines Jacketts trug.

3

Der Angriff

Das Gate B26 am Logan International Airport in Boston war nun leer. Maria Lopez und Betty Sounders hatten nochmals alle Bordkarten gezählt und mit der Anzahl der eingecheckten Passagiere verglichen. Alles war korrekt. Die Türen der Boeing 767 von American Airlines waren geschlossen und die Fluggastbrücke wurde abgelegt.

„Komisch", sagte Betty Sounders, als sie sich vom Boardingcomputer abmeldete.

„Was ist komisch?", fragte Maria Lopez und meldete per Telefon den Flug in der Einsatzzentrale ab.

„Na, erstens sollte der Flug doch gar nicht stattfinden, dann der kurzfristige Wechsel von B33 auf B26, obwohl wir sonst immer auf B33 sind und dass es heute nur so wenig Passagiere waren. Dabei haben sie noch die große Maschine eingesetzt."

„Stimmt, sechsundsiebzig sind wenig. Sonst sind es doppelt so viele. Komm, wir gehen schnell eine rauchen. Die werden schon wissen, was sie tun"

Während die beiden Mitarbeiterinnen von American Airlines das Gate verließen, startete Flug AA11 um 7:59 Uhr Ortszeit, mit vierzehn Minuten Verspätung, in den blauen Himmel über Boston Richtung Los Angeles.

***

Susan McLean hatte vor knapp einer Stunde den Controller Platz im Tower des Logan Airport in Boston übernommen, der die Flüge in westlicher Richtung überwacht. Bislang war alles ruhig und weitgehend nach Plan verlaufen, wenn man mal von den fast fünfzehn Minuten Verspätung der American Airlines nach Los Angeles absieht und dass dieser Flug ursprünglich nicht gemeldet war.

„American 11, drehen Sie zwanzig Grad nach rechts und steigen Sie auf 29.000 Fuß. Bitte bestätigen."

„Hier American 11. Zwanzig Grad nach rechts und steigen auf 29.000 Fuß, bestätigt."

Auf dem Schirm ihres Sekundärradars konnte sie verfolgen, wie die Maschine die Kurskorrektur vornahm und weiter stieg. Fünf Minuten später stutzte sie. Halluzinierte sie, oder war die Maschine verschwunden. Sie beugte sich vor und sah angestrengt auf den Monitor. Das Signal war weg.

„John, John!", rief Susan nach ihrem Vorgesetzten.

„Was gibt's denn?"

„Schau dir das an. American 11 hat kein Signal mehr."

„Wann hattest du den letzten Kontakt?"

„Vor knapp fünf Minuten. Da war alles in Ordnung."

„Was ist mit dem Primärradar?"

„Susan beugte sich über einen anderen Monitor, auf dem etliche grüne Punkte blinkten und sich bewegten. Sie zeigte auf einen dieser Punkte.

„Das müsste sie sein. Gott sei Dank, dann ist wahrscheinlich der Transponder defekt."

„Versuch sie zu erreichen."

„American 11, hören Sie mich?"

Keine Reaktion.

„Hallo American 11, hören Sie mich? Bitte antworten Sie."

„Susan, die steigen weiter. Sie sind jetzt auf 30.400 Fuß. Da stimmt was nicht. Bleib dran. Ich gebe deine anderen Flüge an die Kollegen."

Unruhe machte sich im Tower breit. Plötzlich ein Kratzen aus dem Lautsprecher. Dann eine verzerrte Stimme mit einem fremdländischen Dialekt.

„Wir haben eine Bombe an Bord. Wir kehren zurück zum Flugplatz…", und kurz darauf, „…wir haben mehrere Flugzeuge…bleiben Sie ruhig, dann passiert niemandem etwas…"

„Das ist eine Entführung!"

John Masterson griff nach dem Telefon und informierte die Kollegen in Johnstown und Cleveland, in deren Bereich die Maschine demnächst kommen musste. Dann rief er die Federal Aviation Administration an und meldete die mutmaßliche Entführung der American Airlines Maschine.

„John! Sie drehen um fast hundert Grad nach Süden ab und gehen runter."

„Wieviel?"

„Jetzt sind sie wieder konstant auf 29.000 Fuß, aber sie drehen leicht auf Südost."

„Scheiße, die fliegen in Richtung New York."

Masterson rief ein zweites Mal bei der FAA an und informierte sie über den Kurswechsel. Die FAA wollte ihrerseits sofort den North East Air Defense Sector informieren, wie es in der Kommandostruktur für solche Notfälle vorgesehen war.

„Ich hab die nächste verloren!", rief plötzlich Peter Dalton, der die Maschinen von Susan McLean übernommen hatte.

„Sag, dass das nicht wahr ist!"

Masterson wischte sich den Schweiß von der Stirn.

„Welche ist es?"

„United 175. Der Transponder war plötzlich aus."

„Wann hattest du den letzten Kontakt?"

„Vor einer Minute."

„Was sagt das Primärradar?"

„Sie ist noch in der Luft, aber sie dreht gerade nach Süden ab."

„Bleib dran! Ich muss die FAA informieren."

Hektische Betriebsamkeit herrschte im Tower und trotz Klimaanlage wurde es heiß und stickig.

„United 175, bitte kommen! United 175 hören Sie mich?"

Er bekam keine Antwort mehr.

„John, American 11 fliegt direkt auf New York zu", rief Susan McLean aufgeregt.

„United 175 dreht nach Osten ab."

„Verdammt! Was ist hier los?"

Masterson raufte sich die Haare. Sie waren zum Zusehen verdammt, konnten nichts tun. Wenn NEADS informiert war, dann müssten doch schon Abfangjäger in der Luft sein, aber es waren keine Bewegungen festzustellen. Was lief da schief?

„United 175 dreht nach Nordost in Richtung New York."

Masterson rief erneut bei der FAA an. Nähere Informationen erhielt er aber nicht. Gebannt starrten alle auf die Radarmonitore.

„American 11 ist weg", rief Susan, dann klingelte

Mastersons Telefon.

***

Marc Phillips saß an seinem Schreibtisch in dem großen Redaktionsbüro und bastelte an einem Artikel. Er kaute auf seinem Bleistift herum und sah gedankenverloren auf einen der vielen Fernsehbildschirme, die in der Redaktion aufgehängt waren und auf denen ununterbrochen die neuesten Nachrichten liefen. Plötzlich unterbrach CNN das Programm und brachte eine Eilmeldung.

„…stürzte ein Flugzeug in den Nordturm des World Trade Centers…"

Er ließ den Bleistift fallen, sprang auf und drehte den Ton lauter.

„…der Einschlag erfolgte zwischen dem dreiundneunzigsten und neunundneunzigsten Stockwerk…"

Phillips und seine Kollegen standen mittlerweile alle wie gebannt vor den Bildschirmen.

„…wie Sie sehen, brennt der Turm lichterloh. Wie viele Menschen sich zum Zeitpunkt des Unglücks in den Büros befanden, wissen wir noch nicht. Wir werden Sie weiter informieren."

Auf Fox News machten erste Gerüchte über eine mögliche Flugzeugentführung die Runde.

„…noch immer lodern die Feuer im Nordturm des World Trade Centers…", sagte die Moderatorin bei

CNN, währen auf dem Livebild nur noch dicker, schwarzer Rauch zu sehen war, wie er meist bei niedrig temperierten, sauerstoffarmen Kohlestoffbränden entsteht.

„…oh mein Gott!", rief eine Moderatorin plötzlich. „Da springen Menschen runter!"

Die Kamera zoomte medienwirksam näher und man konnte einige Personen sehen, die in ihrer Not in den sicheren Tod sprangen.

Er hatte sich gerade wieder hingesetzt, als NBC Luftaufnahmen eines Helikopters brachte, der um den Turm kreiste. Im Split Screen sah man derweil immer wieder fassungslose Passanten, die zu dem qualmenden Turm hinaufsahen.

Fox News meldete nun, dass *Chopper 5* in der Luft sei und Livebilder dieser Tragödie liefern würde. Von weitem sah man die Skyline von Manhattan mit dem qualmenden Turm des World Trade Centers aus westlicher Richtung vor einem sonnigen Himmel. Offenbar war der Helikopter noch weit entfernt. Dann zoomte die Kamera das Geschehen heran. Plötzlich erschien am rechten Bildrand etwas unscharfes, was wie ein Flugzeug aussah und dieses Etwas flog mit hoher Geschwindigkeit in den Südturm. Rechts und links des Turms sah man einen Feuerball, dann war das Bild schwarz.

„Habt ihr das gesehen?"

Phillips war aufgesprungen und stand jetzt vor dem Bildschirm. Plötzlich war das Bild wieder da. Ähnlich wie beim Nordturm quoll jetzt starker Rauch aus den Fenstern.

„Da ist noch ein Flugzeug reingeknallt. Das kann doch kein Zufall sein."

Hektische Unruhe herrschte in der Redaktion und alle redeten durcheinander.

„…hat unser Reporter einen Augenzeugen gefunden. Wir schalten live dorthin…"

„Hallo, hier ist Bill Haydon für Fox News. Dies hier ist Ernie Tubbs, ein Augenzeuge des Unglücks. Ernie, schildern Sie unseren Zuschauern, wie das Flugzeug in den Turm gerast ist. Was haben Sie gedacht?"

„Da war kein Flugzeug…"

„…doch, Sie haben doch gesehen, wie das Flugzeug in den Turm…"

„…nein, kein Flugzeug. Das war eine Bombe. Whooom…eine Bombe!"

Diese Aussage unterlegte er noch mit einer deutlichen Handbewegung.

Nein, das war ein Flugzeug."

„Ich sag doch, da war kein Flugzeug. Es war eine Bombe."

Der Reporter wandte sich ab und ließ den Mann einfach stehen. Phillips fühlte sich in seinem Zweifel an der Geschichte bestätigt.

„Eine Bombe", murmelte er, griff nach dem Telefon und rief seinen Freund und Kollegen Paul Ryman von der Rechercheabteilung an.

„Hast du das gesehen, Paul?"

„Sicher. Was ein Ding, oder?"

„Flieg bitte sofort nach New York und treib Zeugen auf. Da stimmt etwas nicht."

„Was sagt der Chef dazu?"

„Das erledige ich. Beeil dich und halte Kontakt mit mir."

Phillips ging zum Büro des Chefredakteurs und klopfte an.

„Ja, was ist?"

„Haben Sie das gesehen, Chef?"

„Sicher. Und, was wollen Sie?"

„Ich habe bei der Geschichte so ein komisches Gefühl. Deshalb möchte ich Paul Ryman nach New York schicken."

„Sie wollen was?", tobte Robert Wilson und sprang aus seinem Sessel.

„Chef, ich sagte doch, dass da etwas nicht stimmt. Wir brauchen jemanden vor Ort."

„Wenn das nichts einbringt, Phillips, dann verteilen Sie bald nur noch Werbezettel."

Mark rieb sich die Hände und ging zurück zu seinem Schreibtisch. An die cholerischen Ausbrüche seines Chefs hatte er sich schon lange gewöhnt. Am Ende bekam er doch was er wollte.

Kurze Zeit später rief Paul zurück.

„Hi Mark, Paul hier. Es gibt keine Flüge mehr nach New York. Alles gestrichen. Was soll ich machen?"

„Du musst nach New York, egal wie! Das scheint eine große Sache zu werden."

„Was ist denn da los?"

„Weiß ich auch nicht. Vielleicht findest du etwas heraus."

„Gut, ich nehme den Wagen, aber das dauert halt."

***

John Masterson und seine Kollegen im Tower vom Logen Airport in Boston hatten gerade die Nachricht bekommen, dass Flug United 175 in den Südturm des World Trade Centers gerast war. Alle waren mit den Nerven am Ende, aber besonders hatte es Susan McLean getroffen, da sie die Controllerin beider Flüge war. Alle Versuche sie zu beruhigen schlugen fehl und so blieb Masterson nichts anders übrig, als sie nachhause zu schicken. Da erhielt er die

Nachricht, dass Flug American 77, der auf dem Weg von Washington nach Los Angeles war, seit knapp zehn Minuten auch kein Transpondersignal mehr sendete. Masterson setzte sich auf seinen Stuhl und starrte apathisch vor sich hin. Irgendetwas Unvorstellbares war hier im Gange und niemand konnte sagen was es war. Verwunderlich aber, dass das übliche Prozedere für solche Fälle bisher noch nicht gegriffen hatte.

Die Federal Aviation Administration hatte inzwischen alle Flughäfen in und um New York gesperrt.

***

In den Redaktionsräumen der Washington Post herrschte immer noch Fassungslosigkeit, als eine neue Eilmeldung von Fox News über die Bildschirme flimmerte.

„…wie wir soeben aus verlässlicher Quelle erfahren haben, ist wohl noch ein drittes Flugzeug entführt worden und steuert auf Washington DC zu. Vizepräsident Cheney und Sicherheitsberaterin Condoleezza Rice wurden in den Bunker des Weißen Hauses gebracht. Präsident Bush, der sich zurzeit in Sarasota aufhält, hat eine Pressekonferenz angekündigt. Wir werden natürlich live dabei sein."

***

John Masterson griff nach dem Telefon.

„Ja? Masterson…was? Ist das sicher? Danke."

Er ließ den Hörer fallen und seine Kollegen sahen ihn fragend an.

„United 93 wurde offenbar auch entführt. Das Transpondersignal ist weg. Die müssten jetzt bald bei Cleveland sein."

In diesem Moment rief ein Kollege vom Hopkins International Airport in Cleveland an.

„Hallo John, hast du es schon gehört? Wir hatten bis eben noch Kontakt. Wir haben seltsame Geräusche an Bord gehört. Ich muss Schluss machen, wir werden evakuiert. Der ganze Flughafen wird evakuiert. Es besteht die Möglichkeit eines Bombenanschlags. Eine Maschine der Delta Airlines soll womöglich mit einer Bombe an Bord hier landen. Johnstown wird auch evakuiert. Alles Gute."

„Danke, euch auch."

„John, Langley hat jetzt endlich drei Abfangjäger losgeschickt", rief da ein Controller, „aber die fliegen in die falsche Richtung. Ich fasse es nicht. Die fliegen raus aufs Meer."

***

„…hier ist CNN mit einer neuen Nachricht. Wie soeben bekannt wurde, ist ein Flugzeug ins Pentagon gestürzt. Es könnte sich dabei um die entführte American Airlines Maschine handeln."

Phillips griff zum Telefon.

„Hallo Ron, ich besorge uns einen Wagen und du fährst mit zum Pentagon. Vergiss deine Ausrüstung nicht."

Ron Newman war früher als Kriegsfotograf an allen Krisenherden der Welt unterwegs. Seit ein paar Jahren arbeitete er nun für die Washington Post.

Phillips hatte sich einen Dienstwagen organisiert und als er aus der Tiefgarage kam, stand Newman bereits grinsend dort, mit seiner Fototasche über der Schulter und hielt wie ein Anhalter den Daumen raus. Dieser Mann war durch nichts und niemanden aus der Ruhe zu bringen, was Mark besonders an ihm schätzte. Auf Ron war in jeder Situation Verlass.

„Sag mal, was ist das denn für eine gequirlte Scheiße? Drei Flieger entführt und dann in die Türme und ins Allerheiligste gesteuert. Was ist da los?"

„Weiß ich auch nicht, aber ich denke, da ist was faul. Paul ist schon auf dem Weg nach New York."

Ron schaltete das Radio ein.

„…es ist ein unbeschreibliches Chaos…", hörten sie eine beinahe hysterische Stimme, „…die ganze Stadt versinkt in einer gigantischen Staubwolke…"

„Was ist denn jetzt passiert?"

Ron stellte einen anderen Sender ein.

„Die FAA hat die Operation Empty Sky ausgerufen. Alle Maschinen müssen umgehend auf den nächstgelegenen Flughäfen landen…wie unser Reporter gerade berichtet, ist der Südturm des World Trade Centers eingestürzt und hat die Stadt unter einer riesigen Staubwolke begraben…"

„Das kann doch nicht sein! So ein Stahlkoloss stürzt doch nicht einfach ein!", schimpfte Phillips.

„…eben wurde bekannt, dass offenbar noch ein viertes Flugzeug entführt wurde. Angeblich soll es sich um den Flug 93 der United Airlines handeln, der heute Morgen um 08:42 Uhr in Newark gestartet, und nach San Francisco unterwegs war. Bleiben Sie dran, wir unterrichten Sie weiter…"

Sie erreichten Pentagon City und stellten ihren Wagen an der Straße vor dem qualmenden Gebäude ab, wo sich Schaulustige mit den aus dem Pentagon geretteten Mitarbeitern vermischten. Ron hatte die Kamera im Anschlag und machte erste Fotos. In diesem Moment stürzte ein Teil der Fassade ein.

„Siehst du hier irgendwo Flugzeugteile?", fragte Phillips.

„Nein. Seltsam. Normalerweise müssten ja hier jede Menge Brocken herumliegen. Aber hier ist absolut nichts. Da ist auch nur ein Wagen der Feuerwehr. Irgendwie sehen die alle so unbeteiligt aus."

„Stimmt. Lass uns mal näher rangehen."

Doch der Bereich wurde nun weiträumiger abgesperrt. Auch ihre Presseausweise halfen nicht weiter. Männer in weißen Hemden und dunklen Krawatten baten sie sehr bestimmt zu verschwinden.

„Da drüben ist ein Hotel. Vielleicht können wir dort aufs Dach. Ich hab ja ein Teleobjektiv dabei."

„Gut, versuchen wir es."

Auf dem Weg zum Hotel sahen sie einige Masten der Straßenbeleuchtung auf der Fahrbahn und auf Grünflächen liegen. Sie sahen aus, als hätte sie jemand direkt aus dem Boden gerissen und dort abgelegt.

***

„Guten Morgen, kann ich etwas für Sie tun?", fragte das junge Mädchen an der Rezeption mit einem strahlenden Lächeln. Offenbar war sie in der Lage alles auszublenden, was gerade in diesem Land geschah. *The show must go on*. Der Kunde ist König, also weiter professionell freundlich lächeln.

Sie hielten ihr die Presseausweise hin.

„Wir sind von der Washington Post und müssen einen Bericht über die Ereignisse drüben am Pentagon schreiben und natürlich auch ein paar Fotos machen. Hätten Sie vielleicht ein Zimmer im oberen Stockwerk mit Blick aufs Pentagon frei?"

Ihr Gesicht nahm einen Ausdruck tiefsten Bedauerns an.

„Leider nicht. Die oberen Etagen sind alle ausgebucht. Wegen der Aussicht."

Dann lehnte sie sich mit verschwörerischer Miene über den Tresen.

„Schlimm, was da passiert ist, nicht wahr? Stimmt es, was ich gehört habe? Es soll eine Passagiermaschine gewesen sein?"

Phillips beugte sich zu ihr hinunter.

„Das versuchen wir ja herauszufinden", flüsterte er, „aber die Behörden und die Polizei behindern unsere Arbeit."

„Das ist ja ein Unding", meinte sie entrüstet, „warten Sie eine Sekunde."

Sie verschwand in einem Büro und kam kurz darauf wieder zurück.

„Mit dem Aufzug dort hinten können Sie bis zum Dachgeschoss fahren. Dort sind mehrere große Räume für Veranstaltungen. Einige haben einen Blick auf das Pentagon. Hinter den Funktionsräumen gibt es eine Servicetür zum Dach. Dort ist gerade niemand. Hier ist der Schlüssel, aber verraten Sie mich nicht, sonst bin ich meinen Job los."

„Ehrenwort. Das versteht sich von selbst. Vielen Dank…wie heißen Sie eigentlich?"

„Helen."

„Vielen Dank Helen. Das ist Ron und ich bin Mark."

„Du alter Schleimer", grinste Ron, als sie mit dem Aufzug nach oben fuhren.

Nach kurzer Suche fanden sie auch den Zugang zum Dach. Der Begriff Türe war etwas übertrieben. Es war eine Leiter mit Dachausstieg.

Ron Newman hatte sich mit seiner Kamera an den Rand des Dachs gelegt und schoss eine Reihe von Fotos. Dann reichte er Phillips den Apparat.

„Hier, sieh mal durch. Da gibt's nirgendwo auch nur ein Stück von einem Flugzeug. Ist doch seltsam, oder?"

„Du hast recht, das ist sehr seltsam. Die Lichtmasten liegen auch alle so, als wären sie absichtlich so hingelegt worden. Fünf Stück kann ich sehen, aber sie sind weiter nicht beschädigt."

Er gab die Kamera an Newman zurück.

„Ein Freund von mir ist Pilot, den frage ich mal, ob so etwas überhaupt möglich ist. Der ist zwar bei der Airforce, aber er kennt sich aus."

„Was meinst du?"

„Ich hatte doch einige Fotos gemacht, bevor die Fassade einstürzte. Das Einschlagsloch war höchstens vier, oder fünf Meter hoch und ziemlich gleichmäßig rund. Da kann niemals ein Flugzeug reingeflogen sein."

„Komm, wir verschwinden."

Newman machte noch ein paar Aufnahmen. Als er die Kamera einpackte, stutze er.

„Mark, sieh mal hier."

Unterhalb der Dachkante war eine Überwachungskamera installiert.

„Der Jackpot! Komm, wir sprechen mit dem Manager."

An der Rezeption gab Phillips unauffällig den Schlüssel zurück.

„Vielen Dank, Helen. Sie haben uns sehr geholfen. Aber könnten wir noch mit dem Manager sprechen?"

Das Mädchen wurde blass.

„Aber…"

„Nicht deswegen. Keine Angst. Wir wollten nur fragen, ob wir die Aufzeichnungen der Überwachungskameras einmal ansehen könnten."

„Oh, da kommen Sie zu spät."

„Wieso zu spät? Hat der gute Mann schon Feierabend?"

„Nein, da waren schon zwei Männer hier, die alle Bänder mitgenommen haben."

„Was!", Phillips schrie fast seine Enttäuschung heraus.

„Wann war das?"

„Direkt nachdem es drüben geknallt hatte. Ich habe mich auch schon gewundert, aber der Chef hat denen sofort alle Bänder von heute ausgehändigt. Ich glaube, die waren vom FBI."

„So ein Mist!", brummte Newman, als er in den Wagen stieg.

„Komm, lass uns nochmal dort rüberfahren. Vielleicht können wir ja ein paar Augenzeugen finden."

Mittlerweile war etwas Ordnung ins Chaos eingekehrt. Die aus dem Gebäude geretteten Mitarbeiter des Pentagon wurden in einer Reihe zu einem Sammelplatz gebracht, wo auch Sanitätswagen warteten. Auf der anderen Straßenseite drängten sich noch einige Schaulustige hinter der Absperrung. Phillips und Newman schoben sich dazwischen und fingen an die Leute zu befragen. Am Ende hatten sie ein gutes Dutzend verschiedener Wahrnehmungen, die von einer großen Passagiermaschine bis zu einem kleinen, hellen Flugzeug und einem Kampfjet reichten. Aber sie hatten auch zwei höchst interessante Aussagen von Mitarbeitern des Pentagon. Der Fluglotse des Helikopterlandeplatzes sagte aus, er wäre gerade im Tower gewesen, als ein Flugzeug direkt auf ihn zukam und zwar nicht auf Bodenhöhe, sondern in etwa zwanzig bis dreißig Metern Höhe. Die Anflugrichtung deckte sich in etwa mit den Angaben der anderen Zeugen. Er sei in Deckung gegangen und hätte dann eine Explosion gehört. Als er wieder aus dem Fenster sah, kam Rauch aus einem Loch in der Fassade. Ein Lagerarbeiter berichtete, er hätte Flugzeuglärm gehört und wäre nach draußen gelaufen. In diesem Moment sah er die Explosion und gleichzeitig eine kleinere Maschine, die hochgezogen wurde und über das Gebäude flog. Außerdem hätte er sich gewundert, dass hier ein Jumbo Jet in geringer Höhe gekreist wäre.

„Können Sie ihn beschreiben Mr. …?"

„…Cooper, Alan Cooper. Ja, er war weiß und hatte einen blauen Streifen auf der Seite. Ach so, und er hatte so einen Buckel oben drauf."

„Das könnte eine *Nightwatch* gewesen sein", meinte Ron, als sie auf den Weg zurück in die Redaktion waren.

„Was ist das denn?"

„Das ist eine fliegende Kommandozentrale der Airforce für Krisenfälle."

Unterwegs erfuhren sie, dass ein viertes entführtes Flugzeug offenbar bei Shanksville im Bundestaat Pennsylvania abgestürzt sei. Kurz darauf kam die Nachricht, dass nun auch der Nordturm des World Trade Centers eingestürzt war. Über die Anzahl der Opfer konnten noch keine Angaben gemacht werden.

Newman hatte sich umgehend ins Labor begeben, um die Filme zu entwickeln, während Phillips ins Büro seines Chefs hereinplatzte.

„Was wollen Sie denn noch hier?", herrschte er ihn an. „Da draußen boxt der Papst und sie sind nicht dabei? Wofür werden Sie bezahlt?"

„Chef, ich brauche ein Team", ignorierte er den Ausbruch seines Chefredakteurs, „wir haben Indizien dafür, dass da ein ganz linkes Ding läuft."

„Bringen Sie mir Beweise, dann reden wir weiter. Wir sind schließlich kein Boulevardblatt, das von Gerüchten lebt."

„Wie soll ich die bringen, wenn ich kein Team habe? Ich kann nicht überall gleichzeitig sein und noch Artikel schreiben."

Robert Wilson kratzte sich am Kinn und setzte sich seine schmale Lesebrille auf die Nase, über die er Phillips fixierte.

„Drei Mann, drei Tage, dann will ich Ergebnisse, oder es ist Schluss."

„Danke Chef!"

***

Zehn Minuten später hatte Phillips sein Team stehen. Neben Paul Ryman, den er in New York lassen wollte, waren dies Eileen Turner aus der Wirtschaftsredaktion für Wirtschaft und Börse, denn das, was hier passiert ist, hatte garantiert auch Auswirkungen im wirtschaftlichen Bereich, sowie Ron Newman, den er nach Shanksville schicken wollte. Den Anschlag aufs Pentagon konnte er hier selbst bearbeiten.

Zufrieden setzte er sich an seinen Schreibtisch und begann einen Artikel zu schreiben, den er dann noch mit Newmans Fotos komplettieren wollte. Bei der Auswertung der Zeugenaussagen fiel ihm plötzlich etwas auf.

***

In den Breaking News, die über die Bildschirme flimmerten, wurde bekannt gegeben, dass der Süden von Manhattan evakuiert wurde. American Airlines und United Airlines bestätigten den Verlust der vier Flugzeuge. Dann wurde gemeldet, dass sich Präsident Bush auf der Barksdale Airforce Base in Louisiana aufhält.

„Was treibt der denn da?", brummte Phillips. „Bei dem, was hier gerade passiert, gehört der Kerl an seinen Schreibtisch."

Auf CNN berichtete ein Reporter vom Flughafen in San Francisco. Dort sollten jetzt gerade die Angehörigen der Passagiere von Flug United 93 eintreffen. Der Bürgermeister und einige Seelsorger waren auch schon vor Ort. Während der Mann immer und immer wiederholte, dass die Angehörigen nun gerade eintreffen, schwenkte die Kamera in den Warteraum, der dafür bereitgestellt war. Doch der Raum war leer. Nicht ein einziger Angehöriger war zu sehen. Als der Reporter diesen Lapsus bemerkte, begann er etwas irritiert von der großen Tragödie zu erzählen und dass man hier jeden Moment mit der Ankunft der Angehörigen rechne.

„…eben sind schon zwei angekommen…"

Die Kamera schwenkte um und filmte zwei Personen, die völlig teilnahmslos durch das Bild liefen. Es kamen einfach keine Angehörigen. Ähnliche Bilder sah man dann auch aus Los Angeles, Washington Boston und Newark.

Phillips nahm den Telefonhörer und rief bei United Airlines an, um eine Erklärung dafür zu bekommen, doch alle Leitungen waren blockiert. Erst beim dritten oder vierten Versuch meldete sich eine genervte Frauenstimme.

„Mark Phillips von der Washington Post. Ich hätte gerne erfahren, warum es keine Angehörigen ihrer beiden verunglückten Flüge an den Flughäfen gibt. Hatten die Passagiere alle keine Familien oder Freunde?"

„Doch, aber die wurden von uns alle telefonisch

informiert und gebeten nicht zum Flughafen zu kommen."

„Aber…", weiter kam er nicht. Das Gespräch war beendet.

Dieses Thema musste noch mit in den nächsten Artikel. Unbedingt.

***

Phillips war fast fertig mit seinem Artikel, als Newman mit einem Stapel großformatiger Fotos auftauchte.

„Hier, das musst du dir ansehen."

Er legte ihm ein Foto vor die Nase, auf dem das Einschlagsloch in der Fassade des Pentagon zu sehen war. Um das Größenverhältnis zu verdeutlichen, stand zufällig noch ein Feuerwehrmann genau daneben.

„Das ist tatsächlich nicht größer als fünf Meter und dazu noch fast kreisrund. Wen wollen die verarschen? Da ist niemals ein Flugzeug reingeflogen."

Ron legte eine Reihe weiterer Fotos auf den Tisch.

„Hier, die Fenster über und neben dem Loch. Die sind alle noch intakt. Keines ist zersprungen. Da läuft noch der Löschschaum runter. Wie geht das, wenn da ein Flugzeug reingeflogen sein soll? Und hier, kein einziges Flugzeugteil liegt dort. Nirgendwo. Und nun sieh dir das an."

Er tippte mit dem Finger auf ein Foto, was er nach dem Einsturz von Teilen der Fassade aufgenommen hatte.

„Der linke Rand sieht so aus, als hätte einer mit einem Messer eine Torte angeschnitten. Glatt abgerissen und eingestürzt. Rechts im Bild sieht man den Rauch von einem Brand und links ist nichts, überhaupt nichts. Und jetzt kommt das Beste. Hier hast du 'ne Lupe. Schau dir die Büros links an."

Phillips beugte sich über die Fotos und betrachtete sie intensiv.

„Da ist ja nichts beschädigt. Da stehen sogar noch die Computermonitore auf den Schreibtischen ohne einen Kratzer. Und hier vorne, direkt auf der Bruchkante, da steht ein kleiner Holztisch mit einem aufgeschlagenen Buch. Das müsste doch verbrannt sein, wenn da ein Flugzeug reingeflogen wäre."

„Genau. Das ist ein Riesenschwindel. Aber warum? Was will wer auch immer damit erreichen?"

„Wir werden es herausfinden. Super Arbeit! Ich werde das auch noch in den Artikel einbauen. Die Öffentlichkeit muss informiert werden. Sie müssen Fragen stellen. Aber ich habe auch noch etwas gefunden."

Phillips breitete einen Stadtplan aus, auf dem auch die Gegend um das Pentagon abgebildet war.

„Die roten Linien hier markieren die Anflugzone auf das Gebäude entsprechend unserer Zeugenaussagen. Die stimmen zwar alle nicht genau überein, aber ergeben doch in etwa eine Richtung, nämlich aus Westen. Diese grünen Punkte markieren die Straßenbeleuchtung. Keiner dieser sechs Masten, die in diesem Einflugbereich stehen, war umgefallen, oder auch nur beschädigt. Ergo ist da kein Flugzeug so tief geflogen, dass es direkt über dem Boden in die Fassade krachen konnte. Die fünf Kreuze hier drüben markieren die Masten, die auf der Straße lagen. Auf deinen Fotos sieht man, dass sie alle in Richtung Pentagon gelegt wurden. Der schwarze Strich hier ist die von den Behörden angegebene, offizielle Route der Maschine. Sie führt aus Südwest genau zwischen den umgelegten Masten hindurch. Also genau anders, als alle von uns befragten Zeugen aussagten, die glauben eine Maschine gesehen zu haben."

„Wenn ein Flugzeug gegen einen Beleuchtungsmasten fliegt, müsste ja nicht nur die Maschine, sondern auch der Mast beschädigt sein. Diese fünf Masten waren aber nur am Sockel beschädigt. Also ist das ein weiteres Märchen. Man hat die Masten einfach so hingelegt."

Dann tippte Ron mit dem Finger auf einen Punkt der Karte.

„Außerdem steht hier genau in der angeblichen Anflugs Route ein Funkmast und der ist etwa fünfzig Meter hoch. Den hat der Flieger kurioserweise nicht getroffen."

„Stimmt. Gut, die Zeugen taugen auch nicht viel. Wir kennen das ja. Gruppendenken, Implikation und so weiter. Nur die beiden Aussagen der Mitarbeiter sind richtig interessant. Die Beschreibung des Manövers passt relativ gut auf eine Militärmaschine. Beide sagen, dass die Maschine kurz vor der Explosion hochgezogen wurde und über dem Gebäude verschwand."

„Was zur Theorie eines Raketenabschusses passen würde."

„Genau. Und wenn dann noch dieses Ding, wie hieß das noch, diese *Nightwatch* dort im Einsatz war, dann wussten zumindest Teile der Airforce, was dort passieren würde."

„Stimmt. Gut, ich geh dann mal."

„Halt, vergiss es. Du fährst sofort nach Shanksville und findest heraus, was dort passiert ist. Flüge dürfte es ja im Moment nicht geben. Mach Fotos, suche Zeugen."

„Der Chef bringt uns um. Bei dir wäre es ja nicht weiter schlimm, aber was würde meine Freundin dazu sagen?"

„Schon geklärt", grinste Phillips, „wir haben drei Tage. Paul ist schon auf dem Weg nach New York."

„Na wenn das so ist. Ich melde mich."

Nachdem Newman gegangen war, arbeitete er seinen Artikel um, fügte noch entsprechende Fotos ein und gab ihn in den Druck.

Fox News meldete, dass der Präsident sich wohl gerade auf einer Airforce Base in Nebraska aufhalten würde. Aus Sicherheitsgründen hätte er auf die Nutzung der *Airforce One* verzichtet und wäre mit der Maschine des Gouverneurs von Florida nach Louisiana und von da mit einer Militärmaschine nach Nebraska geflogen. Um vierzehn Uhr fünfundvierzig sei eine Pressekonferenz mit dem New Yorker Bürgermeister Giuliani anberaumt.

Phillips brauchte jetzt erst einmal einen Kaffee und etwas zu essen.

***

„Wo ist Phillips?", donnerte die Stimme des Chefredakteurs durch die Redaktion.

„Der holt sich gerade einen Kaffee."

„Er soll seinen Arsch sofort zu seinem Telefon bewegen und sich nicht mehr rühren bis Paul ihn angerufen hat."

„Ich sag's ihm."

In diesem Moment kam Mark Phillips mit einem

Kaffeebecher in der einen und ein paar Sandwiches in der anderen Hand um die Ecke.

„Hallo Chef! Was gibt's denn?"

„Rühren Sie sich nicht von ihrem Telefon weg bis Paul Sie erreicht hat. Er hat etwas."

„Und was?"

„Das erfahren Sie, wenn er anruft."

Während es um ihn herum zuging, wie in einem Bienenstock und er auf den Anruf wartete, hatte Phillips die Füße auf seinen Schreibtisch gelegt, trank seinen Kaffee und sah gebannt auf einen der vielen Fernsehmonitore, die überall in der Redaktion hingen und auf denen nach wie vor ununterbrochen die neuesten Nachrichten aller wichtigen Sender zu den Ereignissen in New York, Washington und Shanksville liefen und die zur späteren Verwendung alle aufgezeichnet wurden.

Über vier Stunden waren vergangen, seit die beiden Türme des World Trade Centers so spektakulär eingestürzt waren und hunderte Menschen unter sich begruben. Phillips konnte es noch immer nicht glauben, was er da im Fernsehen live miterleben musste. Bei näherer Betrachtung gab es aber zu viele Ungereimtheiten. Alleine der Einsturz der Türme. Das sah doch eher nach einer kontrollierten Sprengung aus. Von den vergleichsweise kleinen Feuern, die da noch zu sehen waren, konnten diese Stahlgiganten doch nicht einfach so einbrechen. Diese Bedenken hatte er direkt an Paul Rymer übermittelt.

Endlich, nach qualvoll langen zwanzig Minuten, klingelte sein Telefon.

„Ich bin gerade in Weehawken, New Jersey."

„Was in aller Welt treibst du denn dort? Ich dachte du bist in New York?"

„Alle Tunnel und Brücken nach Manhattan sind gesperrt. Ich komme da im Moment nicht hin. Aber ich habe trotzdem schon etwas. Nun höre und staune, mein Freund. Eine Frau hat, kurz nachdem die Twin Towers getroffen wurden, bei der örtlichen Polizei eine Anzeige gemacht. Sie hatte beobachtet wie fünf junge Männer auf dem Dach eines großen Möbeltransporters den zweiten Einschlag bejubelten und Videoaufnahmen und Fotos von den brennenden Türmen machten. Einer hätte dabei noch sein brennendes Feuerzeug ins Bild gehalten. Vom Aussehen her sollen sie wohl aus dem Nahen Osten stammen. Da man von hier aus einen sehr guten Blick auf die Twin Towers hatte, habe ich ein paar Leute befragt. Alle sagen, sie hätten kein Flugzeug gesehen. Auf einmal wäre ein Feuerball aus dem südlichen Turm gekommen und dann hätte es nur noch gequalmt. Nur ein Mann sagte mir, er hätte einen kleinen Punkt gesehen, der schnell von den Türmen weggeflogen wäre. Was sagst du nun?"

„Super Paul, kann ich da nur sagen. Bleib auf jeden Fall dran. Nur das mit dem Nahen Osten gefällt mir nicht. Das wäre ja ein gefundenes Fressen für die Regierung. Obwohl, Israel liegt ja auch im Nahen Osten und dahin gab es auch schon Querverweise. Ich halte das noch ein paar Stunden zurück. Hoffentlich hast du dann noch etwas für mich."

„Ich frage jetzt erst einmal bei der Polizei nach. Dann melde ich mich wieder."

„Noch etwas. Der Chef hat mir ein Team für drei Tage zugestanden. Dann will er Ergebnisse. Du bleibst in New York, Ron fährt gerade nach Shanksville, du hast sicher gehört was dort passiert sein soll, ich kümmere mich um das Pentagon und Eileen Turner um mögliche wirtschaftliche Auswirkungen. Also sieh zu, dass du möglichst viele Informationen zusammentragen kannst."

„Mach ich. Bis später."

***

Die Pressekonferenz mit dem Bürgermeister war so ergiebig, wie ein leerer Wassereimer in der Wüste. Erst eine Stunde später kam bei CNN eine Meldung, auf die er schon fast gewartet hatte.

„…wie aus offiziellen Quellen zu erfahren war,

scheint eine Beteiligung von Osama bin Laden und Al-Qaida bei diesen Anschlägen auf die amerikanische Freiheit sehr wahrscheinlich…"

Kurz darauf waren lachende, sich freuende Kinder und eine jubelnde Palästinenserin zu sehen, die auf der Straße Freudentänze aufführten.

„…diese Bilder erreichten uns gerade aus Jerusalem. Palästinenser feiern den Anschlag auf die Vereinigten Staaten…"

Im Split Screen sah man gleichzeitig, wie Menschen aus den Bürotürmen sprangen. Immer und immer wieder die gleichen Bilder.

„Na bitte", dachte Phillips bitter, „das war es doch, was die wollten. So macht man Meinung."

Er schaltete auf einen anderen Kanal. Ein Reporter von CBS stolperte mit einem Mikrofon in der Hand durch das beschädigte Solomon Brothers Building, was als Gebäude Nummer sieben zum Komplex des World Trade Centers gehörte, aber auf der anderen Straßenseite an der Barcley Street stand. Er erklärte den Zuschauern, dass im Eingangsbereich und in einigen Etagen die Fenster geborsten waren. In zwei Etagen sah man kleinere Feuer, aber keine Feuerwehr. Was jedoch verwunderte, waren die vielen verbrannten Autos auf der Straße, wo es ja nicht gebrannt hatte.

Phillips schaltete weiter.

Auf Fox News kam die Meldung, dass die Feuer im Pentagon noch immer nicht ganz gelöscht werden konnten.

„So ein Schwachsinn."

Er nahm die Fotos vom Schreibtisch, die Ron nach dem Teileinsturz der Fassade gemacht hatte. Darauf war kein Feuer zu sehen, nur noch dunkler Qualm.

Er schaltete um auf BBC News. Dort verkündete ein Moderator, dass offenbar ein weiteres Gebäude eingestürzt sei. Es handele sich um das Salomon Brothers Building.

Phillips war fassungslos. Vor nicht einmal fünfzehn Minuten hatte ein Reporter noch einen Rundgang durch das Gebäude gemacht und nun soll es eingestürzt sein? Von was?

„…schalten wir zu unserer Reporterin Jennifer Staples. Jennifer schildern Sie uns die Ereignisse…"

„…ja, nachdem heute Vormittag bereits die beiden Türme des World Trade Centers eingestürzt waren, ist jetzt auch das Salomon Brothers Building eingestürzt…"

„Das gibt's doch nicht! Seht euch das an!", rief er seine Kollegen zusammen. „Die erzählt, dass WTC7 eingestürzt sei und wenn man hinter ihr aus dem Fenster sieht, steht der Kasten noch. Wen wollen die verarschen?"

Die Reporterin drehte sich um und zeigte aus dem hinter ihr liegenden Fenster.

„…alles ist voll Rauch und…"

In diesem Moment wurde sie offenbar gewahr, dass man das Gebäude ja noch sehen kann.

„…alles ist voll Rauch und Asche. Die beiden Türme sind verschwunden…"

Kein Wort mehr von einem dritten Gebäude.

„Fox5 News hat auch gerade den Einsturz gemeldet", rief ein Kollege, „wie kann das sein, wenn man im Fernsehen das Gebäude noch live sehen kann?"

„Gute Frage, der wir nachgehen werden."

***

Nachdem die Feuerwehr wieder alles einigermaßen unter Kontrolle gebracht hatte, wollte sich ein Löschzug mit dem Gebäude Nummer sieben befassen, in dem noch immer einige kleine Feuer in zwei Etagen zu sehen waren. Der Einsatzleiter war der Meinung, dass diese kleinen Restbrandherde mit einem Zug schnell unter Kontrolle gebracht und gelöscht werden könnten, sofern sie bis dahin nicht schon von alleine ausgegangen sind.

Als Ian McGready, der Zugführer, das Gebäude betreten wollte, wurde er von zwei Männern in Anzügen zurückgewiesen. Die Anzüge der Männer, die sich als CIA Agenten auswiesen, waren seltsamerweise kaum verschmutzt.

„Aus Sicherheitsgründen darf hier niemand mehr rein. Das Gebäude ist stark einsturzgefährdet."

„So ein Blödsinn", entgegnete McGready, „von was sollte das Gebäude einstürzen?"

„Wir haben den Auftrag niemanden hereinzulassen. Wie gesagt, aus Sicherheitsgründen. Gehen Sie bitte, Sie haben sicher noch mehr zu tun."

Der Löschtrupp zog unverrichteter Dinge wieder ab und als McGready sich umdrehte, kamen noch zwei Anzugträger aus dem Haus. Einer trug einen silberfarbenen Koffer. Ein Stück weiter bestiegen sie einen dunklen Van, der ebenfalls kaum verschmutzt war, und fuhren davon.

***

Phillips hatte gerade wieder auf CNN umgeschaltet, als das Gebäude Nummer sieben tatsächlich einstürzte. Exakt dreiundzwanzig Minuten, nachdem der Einsturz das erste Mal gemeldet wurde.

Er machte sich eine Reihe von Notizen, die er später noch abarbeiten wollte. An Feierabend war jetzt nicht zu denken. Aber erst brauchte er etwas zu trinken. In einer Bar in der Nähe trank er zwei Bier und dachte über alles nach, was heute geschehen war, oder vielleicht auch nicht geschehen war. Er war verwirrt.

Später meldete sich Paul aus New York. Einige Brücken waren wieder frei und er konnte hinüber nach Manhattan zum Ort des Geschehens fahren.

CNN veröffentlichte am Abend noch die Passagierlisten der vier betroffenen Flüge. Phillips ließ sich die Aufzeichnungen des ganzen Tages bringen um sie sich noch einmal genauer anzusehen und gründlich auszuwerten. Es versprach eine lange Nacht zu werden. Gegen einundzwanzig Uhr rief Paul aus New York an.

„Hi Mark, du hattest recht. Die ganze Sache ist sowas von faul, dass sie zum Himmel stinkt."

„Mit was hatte ich recht?"

„Na mit diesen ganzen scheiß Anschlägen. Da will uns jemand ein X für ein U vormachen. Du kannst dir nicht vorstellen, was hier los ist. Halb Manhattan liegt unter einer dicken Schicht aus Asche und Staub. Was mich wundert ist, dieser Staub ist so fein wie Puderzucker. So etwas habe ich bei einem Hauseinsturz oder einem Brand noch nie gesehen."

„Warst du schon an der Einsturzstelle?"

„Das ist der nächste Hammer. Der Bereich ist abgesperrt. Soweit, so gut, aber nicht von der Polizei oder der Feuerwehr, sondern da stehen die Jungs im feinen Anzug und bewachen das Areal. Selbst bestellte Gutachter durften da nicht hin."

„Die haben wohl jede Menge zu verbergen. Genau wie am Pentagon. Ron hat ein Foto gemacht, bevor die Fassade einstürzte. Das Einschlagsloch ist höchstens fünf Meter im Durchmesser und rund."

„Das klingt eher nach einer Rakete."

„Genau, deshalb waren da auch keine Trümmerteile eines Flugzeugs."

„Die werden hier kurioserweise auch vermisst. Ich habe mit etlichen Leuten gesprochen, die hier waren, als es geknallt hat. Keiner hat ein Flugzeugteil gesehen. Und was auch seltsam ist, es gibt kaum Trümmer. Also es gibt schon Trümmer, aber für zwei Türme von über vierhundert Metern Höhe ist das sehr überschaubar. Ich werte die Zeugenaussagen noch aus und schicke sie dir morgen."

„Danke dir."

Phillips war todmüde, als er am frühen Morgen nachhause fuhr. Die Aufzeichnungen, soweit er sie schon auswerten konnte, waren sehr ergiebig gewesen und boten genug Stoff für die nächsten Artikel, in denen noch mehr Ungereimtheiten hinterfragt werden mussten. Aber jetzt brauchte er erst einmal eine Mütze voll Schlaf.

4

Der Informant

Die Schockstarre, die nach den gestrigen Ereignissen über dem Land lag, hatte sich etwas gelöst.

Der Artikel hatte Reaktionen ausgelöst, aber nicht in dem erhofften Umfang. Es gab Anfragen, andererseits sogar Beschimpfungen. Öffentliche Stellen verlangten eine Richtigstellung nach ihren Vorgaben. Aber aus der Bevölkerung kam wenig Reaktion. Die hing wie gebannt vor den Fernsehschirmen und sog das auf, was ihr dort angeboten wurde.

Phillips saß an seinem Schreibtisch und bastelte an seinem nächsten Artikel, als sein Telefon klingelte.

„Mr. Phillips?"

„Ja."

„Ich habe Informationen für Sie."

„Wer sind Sie?"

„Das tut nichts zur Sache."

Die Stimme war gedämpft, unnatürlich. Offenbar versuchte der Anrufer seine Stimme mit Hilfe eines Taschentuchs über dem Hörer zu verstellen. Phillips schaltete schnell das Aufzeichnungsgerät an um das

Gespräch aufzunehmen.

„Um welche Art von Informationen handelt es sich?"

„Um die vier Flüge von gestern. Ihnen sind ja wohl auch Ungereimtheiten aufgefallen, oder? Sind Sie interessiert?"

„Natürlich, aber woher weiß ich, dass diese Informationen echt sind?"

„Das können Sie dann selbst entscheiden. Kommen Sie heute Abend um neun Uhr zum Jefferson Memorial. Gehen Sie die Stufen hoch und dann bis zur äußeren rechten Säule. Lehnen Sie sich an, das Gesicht nach vorne."

„Woran erkenne ich Sie?"

„Ich erkenne Sie."

Nachdenklich legte Phillips den Hörer auf. Sollte er wirklich zu diesem Treffen gehen, oder war dies wieder einer dieser Spinner, die sich wichtigmachen wollten und die seit den Anschlägen permanent in der Redaktion anriefen. Doch dieser Anruf schien ihm echt. Da war kein drängen. Er ließ ihm die Wahl. Entweder du kommst, oder du lässt es bleiben. Deine Wahl. Seine journalistische Neugier sagte ihm geh hin.

***

Am späten Vormittag rief Ron Newman an.

„Halt dich fest, Mark. Ich war an der Absturzstelle. Das ist ein ehemaliges Kohlerevier. Ziemlich einsam und verlassen. Als ich ankam, war alles weiträumig abgesperrt, aber ich konnte einen Blick auf die sogenannte Absturzstelle werfen…"

„Wie? Was heißt *sogenannte*…?"

„Das ist es ja. Es heißt, dass da niemals ein Flugzeug abgestürzt ist. Da ist nur ein relativ kleines, schwarzes Loch im Boden und sonst nichts. Keine Trümmer, keine Toten, einfach nichts. Nur das Loch."

„Und was ist dann mit dem Flieger geschehen? Die Airline hat doch den Absturz bestätigt."

„Keine Ahnung, was das für ein Spiel ist, aber hier ist jedenfalls keine Maschine abgestürzt. Das Loch sieht aus, als wäre eine Fliegerbombe reingefallen, oder eine kleine Rakete. Ich habe auch ein paar Zeugen aufgetrieben. Eine Frau, die ein paar Meilen von hier wohnt, hat ein Foto von der Explosion gemacht. Das muss noch entwickelt werden. Ich habe ihr gesagt, dass ich ihr einen Abzug abkaufe. Du hast doch ein Budget, oder?"

„Mach dir keine Gedanken, du bekommst schon dein Geld zurück."

„Ihre Beschreibung passt auch eher auf eine Bombenexplosion, als auf einen Flugzeugabsturz. Der zuständige Leichenbeschauer, der vom Sheriff dorthin bestellt wurde, hat mir erzählt, er hätte nach zehn Minuten aufgegeben, da es keine einzige Leiche gab. Nicht einen Tropfen Blut, wie er wörtlich sagte."

Phillips starrte ins Leere. Die Sache nahm immer groteskere Formen an.

„Bist du noch da?"

„Entschuldige, ich hab nur kurz nachgedacht. Schick mir bitte das Foto, wenn du es hast und bleib dran."

***

Die Sonne ging langsam jenseits des Potomac River unter und die Dämmerung zog herauf, als Phillips seinen Wagen auf einem Parkplatz in der Nähe des Jefferson Memorial abstellte. Der Verkehr hatte nachgelassen. Nur auf dem Interstate Highway waren noch einige Autos unterwegs. Langsam schlenderte er zu dem riesigen Denkmal, das zu Ehren von Thomas Jefferson, dem dritten Präsidenten der Vereinigten Staaten, errichtet wurde. Er umrundete die Säulenhalle, stieg die Stufen nach oben und lehnte sich, wie vereinbart, an die äußerste Säule auf der rechten Seite. Zwei Pärchen saßen auf den Stufen schräg vor ihm und sahen aufs Wasser. Sonst war niemand zu sehen. Phillips steckte sich eine Zigarette an und wartete. Die Beleuchtung in der Kuppelhalle war lange an, als er auf seine Armbanduhr sah. Es war schon zehn Minuten nach neun. Fünf Minuten würde er dem Unbekannten noch zugestehen. Wenn er dann nicht kam, war es das.

„Drehen Sie sich nicht um."

Phillips zuckte zusammen. Wie aus dem Nichts kam plötzlich diese heisere Stimme, die er schon am Telefon gehört hatte. Der Mann musste hinter der Säule stehen.

„Bleiben Sie so stehen. Man darf uns nicht zusammen sehen."

„Warum machen Sie es so spannend? Ist das nicht ein bisschen übertrieben?"

„Wenn gewisse Leute uns hier zusammen sehen würden, wäre mein Leben keinen Cent mehr wert, und Ihres übrigens auch nicht. Also seien Sie ab jetzt auf der Hut. Verzeihen Sie bitte meine Verspätung, aber ich musste sichergehen, dass Sie alleine sind und nicht beobachtet werden."

„Das klingt alles sehr nach Verschwörung."

„Sie sollten mich ernst nehmen, Mr. Phillips. Denken Sie an den armen Mr. Bullet am Flughafen in Miami. Er hat Ihnen etwas erzählt und dafür mit dem Leben bezahlt."

„Was? Woher wissen Sie…?"

„Sind Sie noch interessiert?"

"Entschuldigung. Natürlich bin ich interessiert, sonst wäre ich nicht hier. Gestatten Sie mir noch eine Frage. Warum ich?"

"Sie sind mir als gewissenhafter Journalist bekannt und Ihr erster Artikel über dieses Verbrechen hat das bestätigt, obwohl sie noch sehr verhalten waren. Aber das wird ihr Chefredakteur wohl so gewollt haben."

"Sie sprechen von einem Verbrechen?"

"Ja, diese Anschläge sind eines der größten Verbrechen der Menschheitsgeschichte und Sie sollen es Aufdecken. Jetzt hören Sie mir bitte zu. In Ihrem Artikel erwähnten Sie das kleine Einschlagsloch im Pentagon. Sie haben recht, das war kein Flugzeug. Ganz davon abgesehen, wäre das auch nicht möglich gewesen."

"Wie meinen Sie das?"

"Erstens kann eine Boeing 757 nicht mit dieser Geschwindigkeit, wie sie von den Behörden angegeben wurde, so knapp über dem Boden fliegen. Die Luft ist viel zu dicht. Zweitens wäre die Maschine bei dem versuchten Anflug über dem Highway abgestürzt, denn da ist sie ja angeblich mit fünf Beleuchtungsmasten kollidiert. Wenn ein Flugzeug mit der Tragfläche gegen einen Metallmasten fliegt, wird die Tragfläche stark beschädigt, oder sie reißt ab und der Flieger wird unkontrollierbar. Aber dieser hier soll gleich fünf Masten abrasiert haben und trotzdem zielgenau auf Bodenniveau in das Gebäude geflogen sein. Sie waren vor Ort. Waren die Masten beschädigt? War der Rasen vor dem Einschlagsloch verbrannt? Bei einem Einschlag müsste das meiste Kerosin vor und am Gebäude verbrannt sein. Hinterfragen Sie das."

„Stimmt, die Masten sahen aus, als hätte man sie aus dem Boden gerissen. Von einer Kollision war da nichts zu sehen. Und wenn ich mich recht entsinne, waren auch keine Brandspuren auf dem Rasen. Erst später, nachdem die Fassade eingestürzt war. Aber was ist dann dort eingeschlagen? Zeugen haben doch von einem Flugzeug berichtet. Ein sehr glaubhafter Zeuge sah eine kleine Maschine nach der Explosion über das Gebäude fliegen."

„Er hat recht. Es gab ja auch eins, aber warum hat man wohl alle Aufzeichnungen der Überwachungskameras ringsum beschlagnahmt? Damit man nicht sieht, was es für ein Flugzeug war. Wie weit ist übrigens die Andrews Air Base vom Pentagon entfernt?"

„Sie meinen…"

„Ich meine nicht, ich weiß. Das Flugzeug, was die Leute da gehört oder gesehen haben wollen, war eine Thunderbold A-10A bestückt mit einer Raytheon

AGM-65D. Die konnte der Pilot schnell und zielgenau dort platzieren, wo der Schaden am geringsten sein würde, denn dieser Teil des Pentagon wurde gerade umgebaut, um Einschlägen von Flugzeugen standzuhalten. Zufall? Sicher nicht. Übrigens, dieser Flugzeugtyp und der Name Raytheon werden Ihnen noch öfter begegnen."

Phillips konnte es nicht fassen.

„Aber das würde ja bedeuten, dass dies ein Anschlag von innen war."

„Dieser und auch die anderen. Ich sehe, wir kommen uns näher."

Mittlerweile war es dunkel geworden und nur das Licht hinten aus der Halle beleuchtete die gespenstig anmutende Szenerie.

„Machen Sie etwas daraus. Enttäuschen Sie mich nicht. Falls mir die Sache zusagt, habe ich noch mehr für Sie."

Phillips steckte sich eine weitere Zigarette an.

„Wie kann ich Sie erreichen?"

Er bekam keine Antwort. Vorsichtig drehte er sich um und umrundete die Säule, aber er fand keine Spur von seinem geheimnisvollen Informanten. Auch in der Kuppelhalle war niemand zu sehen. Er warf die Zigarette weg und rannte um das Gebäude. Ohne Erfolg. Der Mann ist so leise verschwunden, wie er gekommen war. Gedankenverloren ging er zurück zu seinem Wagen. Was sollte er mit dem eben gehörten anfangen? Wenn es der Wahrheit entsprach, dann war das eine Dimension, wogegen sich der Watergate Skandal wie ein laues Lüftchen ausnahm. Doch zuerst musste er den Wahrheitsgehalt der Informationen überprüfen. Er klappte das Handschuhfach auf, nahm den Notizblock, den er dort zusammen mit diversen Schreibgeräten für den Notfall aufbewahrte und begann alles zu notieren, was der Unbekannte ihm anvertraut hatte. Dann fuhr er zurück in die Stadt.

***

In der Redaktion begann Phillips zu recherchieren und seinen Artikel für die nächste Ausgabe zu schreiben. Dann rief ihn Wilson in sein Büro.

„…noch zwei Tage, Phillips. Haben Sie schon etwas erreicht?"

„Wir sind da einem dicken Ding auf der Spur. Paul ist jetzt in Manhattan. Da gibt es, wie am Pentagon, auch keine Flugzeugtrümmer. Außerdem scheint da noch mehr nicht zu stimmen."

„Was stimmt nicht?"

„Zum Beispiel wird der ganze Bereich von FBI oder CIA bewacht und nicht von der Polizei. Gutachter wurden nicht durchgelassen, obwohl sie bestellt waren und es sind zu wenige Trümmer für drei so große Gebäude."

„Das kling ziemlich suspekt. Haben Sie sonst noch etwas?"

„Ron ist in Shanksville. Er hat die angebliche Absturzstelle von UA93 gesehen. Er sagt, dass dort niemals ein Flugzeug abgestürzt sei. Außerdem hat er Zeugen, die auch etwas anderes sagen. Es ist unter anderem der örtlich bestellte Leichenbeschauer, der aussagte, dass es dort keine Leichen gegeben habe. Übrigens auch keine Flugzeugtrümmer, wie in New York und beim Pentagon."

„Da muss ich Sie enttäuschen. Im Fernsehen haben sie vorhin Bilder gebracht, auf denen sehr wohl Trümmer vor dem Pentagon zu sehen waren. Ein größeres Teil hatte sogar die Lackierung von American Airlines drauf."

„Und wir haben Fotos, auf denen das nicht so ist. Ich habe eben mit einem Informanten gesprochen. Er hat mir etwas Unglaubliches erzählt, was aber unsere Theorie und den Artikel von heute Morgen stützt."

„Was denn für ein Informant?"

„Ich kenne ihn nicht. Er rief mich an und bat mich zu einem Treffen. Er ist sehr gut informiert. Er wusste Dinge, die ein Spinner nicht hätte wissen können. Ich mache gerade einen Artikel für die nächste Ausgabe fertig und brauche die erste Seite."

Wilson zögerte einen Moment, dann gab er sich einen Ruck.

„Na gut, aber wenn das Bullshit ist, dann können Sie demnächst die Zeitungen an der Kreuzung verkaufen."

***

Phillips stand vor einem Plan von Washington DC und Umgebung. Der Mann hatte wahrscheinlich recht. Eine Thunderbold brauchte von Andrews Airbase zum Pentagon zwei Minuten. Solch ein Kampfjet kann auch in geringer Höhe relativ schnell fliegen und auch manövrieren, was ein Passagierflugzeug dann eben nicht mehr kann. Nach fünf Minuten wäre die Maschine wieder auf der Airbase gelandet und niemand hätte etwas Auffälliges bemerkt. Und die Zeugen? Zeugen sind manipulierbar. Das Erschrecken des Ereignisses impliziert sich auf die Mehrheit. Sie sagen aus, was sie glauben gesehen, oder gehört zu haben, was ihnen suggeriert wurde. Gruppendenken. Manche waren vielleicht sogar gekauft. Bis auf die beiden Mitarbeiter des Pentagon, denen zu glauben er gewillt war.

Als er das Redaktionsgebäude am frühen Morgen verließ, wurde er auf der Straße von einem gut gekleideten Mann mittleren Alters angesprochen.

„Mr. Phillips?"

„Ja. Kann ich etwas für Sie tun?"

„Ich möchte Ihnen nur einen guten Rat geben: Wühlen Sie nicht weiter wie ein Ferkel im Dreck. Das könnte ungesund werden."

„Wer sind sie?"

„Tut nichts zur Sache. Wir wissen wer Sie sind. Das reicht."

Der Mann verschwand in der Menge während Phillips mit einem mulmigen Gefühl in ein Taxi stieg und sich nach Burleith-Hillandale fahren ließ. Dort, nordwestlich von Georgetown, bewohnte er ein altes Backsteingebäude, was er vor fast zwanzig Jahren von seiner Großmutter geerbt hatte.

Offensichtlich hatte er ins Schwarze getroffen und bestimmte Kreise wurden nervös. Das war eine deutliche Drohung, die es ernst zu nehmen galt.

***

Obwohl eine bleierne Müdigkeit von ihm Besitz ergriffen hatte, fand Phillips keinen Schlaf. Kaum hatte er gelegen, da liefen die Ereignisse des Tages wie auf einer Kinoleinwand vor seinem geistigen Auge ab. Also stand er auf, nahm eine ausgiebige Dusche, trank zwei Tassen starken Kaffee und fuhr wieder in die Redaktion.

Es war der zweite Tag nach den Ereignissen, die

das Leben in diesem Land vorerst grundlegend verändert hatten. Phillips war immer noch mit den Auswertungen der Videoaufzeichnungen beschäftigt. Alle Nachrichtenkanäle brachten gerade Statements aus dem Weißen Haus und aus New York. Übereinstimmend wurde berichtet, dass man die Attentäter mit ziemlicher Sicherheit identifizieren konnte. Es soll sich laut FBI Direktor um achtzehn Männer aus dem arabischen Raum handeln, welche die Flugzeuge entführt und in die Twin Towers, als auch ins Pentagon geflogen haben sollen. Flug United 93 sollte, so die Vermutung, ins Weiße Haus gesteuert werden, was aber offensichtlich nicht gelungen war. Es wurden auch Fotos gezeigt, die lauter grimmig dreinblickende junge Männer mit arabischem Aussehen zeigten.

Präsident Bush rief den Krieg gegen den Terrorismus aus.

„…es wird ein langer und harter Krieg…"

„Hast du jetzt, was du wolltest?", brummte Phillips. „Aber woher, zum Teufel, haben sie diese Fotos?", dachte er, „Woher wissen die jetzt so genau wer es war, wenn nirgends auch nur ein Teil einer Leiche gefunden wurde? Auf den Passagierlisten, die CNN vorgestern veröffentlicht hatte, war doch auch kein einziger arabischer Name."

Kurz darauf meldete sich Paul Ryman aus New York.

„Hallo Mark, es gibt immer mehr Indizien für einen groß angelegten Beschiss. Ich habe gestern Abend noch ein paar Augenzeugen auftreiben können. Keiner von denen hat einen Flieger gesehen, aber alle sprachen von einer großen Explosion in den Türmen. Kurz bevor sie einstürzten, hätte es noch eine Reihe von Explosionen gegeben. Die Erde hätte gebebt, dann wären die Türme einfach in sich zusammengefallen. Außerdem hätte es noch eine große Explosion am Gebäude sechs gegeben. Die Rauchwolke soll über hundertfünfzig Meter hoch gewesen sein. Ich habe mir jetzt Zugang zu einem Nachbargebäude verschafft. Von dort aus kann ich mir die ganze Bescherung von oben ansehen. Du wirst es nicht glauben, vom Gebäude sechs steht nur noch die Fassade ringsum."

„Und was ist mit dem Rest?"

„Das ist es ja. Der ist verschwunden. Da gähnt ein Riesenkrater bis runter in die Keller. Einfach ein schwarzes Loch."

„Und Trümmer?"

„Kaum, jedenfalls nicht für die Masse, die da verschwunden ist. Das Gleiche gilt auch für die Türme. Ich hatte dir ja schon gesagt, dass es eigentlich zu wenige Trümmer sind. Von hier oben sieht man aber, dass da auch riesige Krater sind. Ich versuche mal näher heranzukommen."

„Kannst du mir Fotos von den Kratern schicken?"

„Mach ich. Ich muss mir nur noch eine Kamera mit Teleobjektiv besorgen. Ich hoffe, die Kohle bekomme ich wieder. Noch etwas, der eine Augenzeuge, der sofort im Fernsehen von den Flugzeugen berichtet hatte, ist ein Mitarbeiter dieses Senders und wurde mit einem falschen Namen vorgestellt. Toll was? Mindestens ein Sender spielt da also mit."

„Danke Paul, gute Arbeit."

Im Fernsehen tauchten nun neue Videos auf, die den Einschlag des zweiten Flugzeugs aus anderen Perspektiven zeigten. Wie konnte er in Anbetracht dieser Beweise noch zweifeln?

Der Anruf von Ron Newman aus Shanksville riss ihn aus diesen Gedanken.

„Ich habe jetzt das Foto. Das ist eindeutig der Rauchpilz einer Bombenexplosion und nichts anderes. Ich schicke dir das Bild gleich zu."

„Super. Hast du schon die neuen Videos im Fernsehen gesehen?"

„Ja, aber da stimmt was nicht. Die muss ich genauer unter die Lupe nehmen. Noch etwas. Zeugen haben mir geschildert, dass sie hier tatsächlich ein

Flugzeug gesehen hätten, aber das wäre keine Passagiermaschine gewesen. Sie beschrieben die Maschine als klein und weiß oder hellgrau. Sie wäre hier gekreist und dann plötzlich verschwunden. In diesem Moment sei dann der Rauchpilz zu sehen gewesen. Der Beschreibung nach könnte es eine Thunderbold gewesen sein."

„Das ist ja interessant. Ein Informant hat mir gestern erzählt, dass so eine Maschine von der Andrews Airbase zum Pentagon geflogen sei und dort eine, warte ich hab's gleich, eine Raytheon AGM-65D in das Gebäude geschossen hätte, was immer das auch ist."

„Ah, eine *Maverik*. Das macht Sinn. Das ist eine Luft-Bodenrakete, die vom Piloten genau gesteuert werden kann und die Thunderbold ist dafür ausgerüstet. Übrigens, hast du gewusst, dass vorgestern die Flughäfen in Cleveland und Johnstown komplett evakuiert wurden? Angeblich sollte eine Maschine von Delta Airlines mit einer Bombe an Bord dort notlanden."

„Nein, das ist mir neu. Wann war das?"

„Zwischen 09:30 und 10:00 Uhr, also nachdem die Türme und bevor das Pentagon getroffen wurde. Der Bürgermeister von Cleveland hat das in einem Interview erzählt und er hat noch eine zweite Notlandung bestätigt – die von United 93!"

„Was? Wie kann die denn Notgelandet sein, wenn sie gleichzeitig abgestürzt sein soll?"

„Eben, aber er hat sogar geschildert, dass die Maschine an einem entlegenen Ende abseits der Rollbahn abgestellt wurde und die Passagiere in das NASA Glenn Research Center evakuiert wurden. Später hat er auf Anfrage alles abgestritten. Jetzt streng mal dein schlaues Köpfchen an und mach daraus ein Bild. Ich muss jetzt los. Vorhin habe ich erfahren, dass man jetzt doch Trümmer- und Leichenteile gefunden hätte, aber über sieben Kilometer von hier. Ich melde mich später."

„Danke Ron."

Phillips saß noch eine Weile mit dem Hörer in der Hand auf seinem Stuhl. Wenn das alles stimmen sollte, war das eine gigantische Verschwörung, aber wer konnte so etwas inszenieren? Und warum überhaupt?"

Er legte den Hörer wieder auf und machte sich an die Arbeit. Wenn man es genau nahm, bleiben nicht allzu viele übrig, die so etwas konnten. Die Regierung und das Militär. Bush, Cheney und Rumsfeld hätten endlich ihren Krieg in Afghanistan und im Irak und das Pentagon könnte wieder einmal mit dem Säbel rasseln und sich über eine saftige Budgeterhöhung freuen. Die Rüstungslobby würde natürlich auch profitieren und die Umsätze gewaltig steigern. Das anzuprangern war aber noch zu früh. Er brauchte noch mehr Beweise. Jetzt musste er erst einmal den Artikel für die nächste Ausgabe überarbeiten.

Der Chefredakteur war davon weniger begeistert.

„Das alles klingt mir doch arg nach Verschwörungstheorie. Ihr Team hat ja auch noch keine richtigen Beweise geliefert. Aber denken Sie daran, noch ein Tag, dann ist Schluss."

„Ja, ich weiß. Wir arbeiten schon fast rund um die Uhr. Es ist nicht so einfach Beweise für etwas zu finden, was es offiziell gar nicht gegeben hat und was von der Regierung und den Geheimdiensten unter dem Deckel gehalten wird."

„Trotzdem. Noch ein Tag…"

5

Insiderhandel

Marc Phillips saß in seinem Sessel, in der einen Hand ein Glas Scotch, in der anderen eine Zigarette, und stierte ein Loch in die ihm gegenüberliegende Wand. Seit den Ereignissen, welche die ganze freie Welt erschütterten, hatte er kaum mehr geschlafen. Anfangs war es noch das Adrenalin, was ihn dazu befähigte durchzuhalten, aber jetzt kam er langsam an seine physischen Grenzen. Er fühlte sich zunehmend ausgelaugt und schlapp. Auch sein Kopf wollte nicht mehr so richtig funktionieren. Es waren mittlerweile so viele Informationen, die sortiert und ausgewertet werden mussten. Dabei drohte er den Überblick zu verlieren. Das Leuten seines Mobiltelefons riss ihn aus seiner Apathie.

„Ja, Phillips."

„Guten Abend Mr. Phillips."

Es war wieder die heißere Stimme des geheimnisvollen Informanten, mit dem er sich gestern noch getroffen hatte und dessen Informationen, verarbeitet in einem mehrseitigen Artikel, ein großes, aber zwiespältiges Echo ausgelöst hatten. Während immer mehr kritische Fragen aus der Bevölkerung kamen, versuchten sich die zuständigen Behörden in fadenscheinigen Dementis und unverhohlenen Drohungen gegen ihn und die Redaktion.

„Ihr Artikel hat mir gefallen. Vor allem aber auch die Reaktionen, die er ausgelöst hat."

„Woher haben Sie diese Nummer?"

„Ist unerheblich. Nur unterschätzen Sie mich bitte nicht. Aber nun zur Sache. Sie haben etwas in Gang gesetzt, was so bei der Gegenseite nicht geplant war. Sie müssen ihre Reihen neu sortieren. Das ist gut. Ich werde Sie bald wieder anrufen."

„Wann? Hallo, hallo…"

Es kam keine Antwort mehr. Der Informant hatte aufgelegt. Phillips drückte seine Zigarette aus und stellte seinen Whiskey auf den Tisch. Der Anruf hatte ihn aus diesem Anfall von Apathie geweckt. Er stand auf, ging in sein Arbeitszimmer und fing an seine Notizen zu sichten und zu ordnen. Etwa eine Stunde später läutete sein Telefon erneut. Dieses Mal war es sein Festnetzanschluss. Die Nummer des Anrufers war unterdrückt. Einen Moment lang war er versucht den Anruf zu ignorieren, dann hob er aber den Hörer ab.

„Hallo?"

„Entschuldigen Sie, Mr. Phillips, dass ich Sie vorhin abgewürgt habe, aber Ihr Telefon wird abgehört und ich musste auflegen, bevor man den Anruf zurückverfolgen konnte."

„Mein Telefon wird abgehört?", fragte Phillips verstört. „Von wem?"

„Sagen wir, von unseren gemeinsamen Gegnern. Ich muss wieder auflegen. Schauen Sie bitte sofort in Ihren Briefkasten."

Das Gespräch war beendet und Phillips starrte den Hörer an. Nicht nur, dass sich Regierungsnahe Stellen bei der Chefredaktion über seine Artikel bezüglich der Anschläge beschwerten und das FBI ihm Konsequenzen für den Fall angedroht hatte, dass er weiterhin in seinen Artikeln *„die Tatsachen verdrehen würde"*, wie man sich ausdrückte, jetzt wurde auch noch sein Telefon abgehört. Wütend knallte er den Hörer auf. Eines würde er mit Sicherheit nicht tun, klein beigeben.

Er ging nach draußen. In seinem Briefkasten fand er einen unbeschrifteten, weißen Briefumschlag und darin eine mit Computer geschriebene Nachricht:

Da mir Ihr Artikel gefallen hat bekommen Sie, wie versprochen, die nächsten Informationen. Morgen, gleiche Zeit, gleicher Ort. Passen Sie auf sich auf und verbrennen Sie diese Zeilen umgehend.

Nachdenklich ging er zurück in sein Haus. Es wurde jetzt wohl richtig ernst, aber er hatte nicht vor sich einschüchtern zu lassen. Zuerst zündete er den Zettel an und verbrannte ihn in der Spüle. Dann machte er sich wieder an die Arbeit.

***

In den Räumen der Redaktion herrschte das gleiche Chaos wie schon seit Tagen. Die Telefone klingelten unaufhörlich und Reporterteams kamen und gingen.

Phillips betrat das Büro des Chefredakteurs.

„Was haben Sie, Phillips?"

„Hallo Chef. Ich brauche für die nächste Ausgabe wieder die erste Seite. Heute Abend bekomme ich neue Informationen."

„Wieder von Ihrem geheimnisvollen Informanten?"

„Ja. Wir müssen aufpassen. Wir werden wahrscheinlich abgehört. Zumindest mein Telefon zu Hause."

Das Gesicht des Chefredakteurs bekam eine ungesunde Farbe.

„So ein Quatsch! Wer sollte uns denn abhören wollen? Haben Sie das auch von Ihrem Informanten?"

„Vielleicht die NSA, oder die CIA, was weiß denn

ich? Bisher hatte mein Informant ja wohl mit allem recht gehabt, oder? Ich habe alle seine Angaben gründlich recherchiert und sie haben gestimmt. Bekomme ich die Seite?"

„Ja, von mir aus. Hoffentlich taugen diese Informationen auch so, wie die letzten. Und jetzt raus!"

Phillips ging zurück zu seinem Schreibtisch und rief seinen Kollegen Frank Robson vom Miami Herald an, um ihn mit den neuesten Informationen zu versorgen.

„Danke Mark, ich habe auch etwas für Sie. Ich war gestern in Venice und hoffte die Unterlagen der Flugschulen einsehen zu können. Doch siehe da, es gab keine mehr."

„Was? Das stinkt doch gewaltig zum Himmel."

„Es wird noch besser. Ich bin zum Sheriff und fragte ihn, was er darüber weiß. Er selbst wollte die Unterlagen sehen, doch da waren sie schon weg. Wie man ihm dann offiziell mitteilte, wurden alle Papiere kurz vorher mit der Maschine des Gouverneurs ausgeflogen, und dieser Gouverneur heißt zufällig..."

„...Jeb Bush und ist der Bruder des Präsidenten", vollendete Phillips den Satz.

„Noch etwas. Vorgestern hat ein Hotelbesitzer aus Deerfield Beach dem FBI erzählt, dass er ein Zimmer an einen der mutmaßlichen Terroristen vermietet hatte. In diesem Zimmer hätte er ein Teppichmesser gefunden."

„Wie passend. Das entspricht doch genau den Angaben der Behörden."

„Wird noch besser. In einer Mülltonne, in der Nähe seines Hotels, hätte er noch eine Tasche entdeckt, in der sich Flugzeugartikel und ein Boeing 757 Unterrichtsbuch befunden hätten. Ist das nicht toll?"

„Das ist unglaublich. Zum Glück untersuchen Hoteliers immer die Mülltonnen in ihrer Umgebung. Vielen Dank. Hoffe, ich kann mich bald revanchieren. Passen Sie auf sich auf. Wir wurden hier schon massiv bedroht."

***

Phillips lehnte an der Säule des Jefferson Memorial und steckte sich eine Zigarette an. Zweimal hatte er das Denkmal umrundet. Diesmal war hier mehr Betrieb, aber er konnte nichts Auffälliges sehen, was auf eine Beschattung hindeuten würde. Also stand er einigermaßen beruhigt an der Säule, rauchte und wartete.

„Guten Abend, Mr. Phillips."

Lautlos und unbemerkt war der Mann erschienen.

„Guten Abend. Woher wissen Sie, dass ich abgehört werde?"

„Ich weiß es. Das muss genügen. Haben Sie bemerkt, dass Sie beschattet werden?"

„Nein, ich habe mich extra nochmal umgeschaut und nichts bemerkt."

„Der Mann unten rechts am Fuß der Treppe, sehen Sie ihn? Der mit dem schlecht sitzenden beigen Anzug, der immer so nervös hier hoch sieht. Der beschattet Sie schon eine ganze Weile. Sie müssen noch viel lernen."

Phillips sah erschrocken nach unten. Den Mann hatte er nicht bemerkt.

„Also passen Sie auf, wir haben nicht viel Zeit. Sagt Ihnen der Begriff *Short-Sale* etwas? Nein? An der Börse gibt es sogenannte Leerverkäufe als Termingeschäfte. Der Verkäufer Handelt mit Papieren, die er noch gar nicht hat. Er verkauft sie zu einem aktuellen Preis und einem fixen Datum und spekuliert darauf, dass der Kurs bis zu diesem Datum fällt. Damit ist er in der *Short-Position*. Dann erst kauft er die Papiere zu dem nun aktuellen Preis und übereignet sie dem Käufer zu dem vereinbarten höheren Preis. Er wettet quasi auf den Verfall von Aktien und das kann durchaus ein sehr profitables Geschäft sein."

„Und das ist erlaubt?"

„Ja. Er kann sich ja auch verspekulieren. Nur worauf ich hinaus will und was nicht erlaubt ist, sind Insidergeschäfte. Also *Short-Sales*, bei denen der Verkäufer in der *Short-Position* schon vorher weiß, dass bestimmte Aktien fallen und er davon profitiert. Und genau das ist in den letzten Tagen vor den Anschlägen in großem Umfang passiert."

„Sie wollen also sagen, dass es tatsächlich Leute gab, die im Voraus davon wussten und noch Geschäfte damit gemacht haben?"

„Genau. Prüfen Sie es nach. Sehen Sie sich die betroffenen Fluggesellschaften und die Firmen an, deren Büros in den Türmen waren. Auch die Werte der Rückversicherer, die für diesen immensen materiellen Schaden aufkommen müssen. Noch etwas. Eine Woche vor den Anschlägen wurden für mehrere Milliarden Dollar Staatsanleihen gekauft. Das machen Spekulanten, wenn sie wissen, dass es eine Börsenkrise geben wird und die Kurse einbrechen. Zuletzt noch ein Tipp. Ein Brokerbüro, das die Insidergeschäfte mit United Airlines Aktien abgewickelt hat, war früher unter der Leitung des heutigen Verwaltungschefs der CIA. So ein Zufall, oder doch nicht? Machen Sie was daraus."

Der Informant war wieder unbemerkt verschwunden. Sein Beschatter war aber noch da und sah nervös nach oben. Phillips wollte dem Mann etwas sportliche Betätigung zuteilwerden lassen und ging gemächlich in Richtung der Halle. Als er sah, dass der Mann sofort die Treppe hinauf rannte, umrundete er schnell das Gebäude und stellte sich wieder vorne neben eine Säule.

„Immer schön aufpassen!", sagte er, als der Mann verschwitzt und außer Atem wieder auftauchte und mit ungläubigem Gesichtsausdruck vor ihm stand.

***

Phillips war sofort mit seinen Informationen zu Eileen Turner in die Wirtschaftsredaktion gegangen. Die halbe Nacht hatten sie recherchiert und sind auf unglaubliche Fakten gestoßen. Von United Airlines wurden kurz vor den Anschlägen elfmal und von American Airlines sechsmal mehr Anteile gehandelt als sonst in diesem Zeitraum üblich. Von zwei Firmen, die mehrere Etagen in den Türmen gemietet hatten, wurden sogar etwa achtzigmal, beziehungsweise achtundvierzigmal mehr Anteile gehandelt, als normalerweise üblich.

„Wie kann das sein?", murmelte Eileen Turner, deren Fachgebiet der Börsenhandel war.

„Was meinst du?"

„Genau um so etwas zu verhindern hat FinCEN vor Jahren schon ein Warnsystem eingeführt."

„FinCEN?"

„Financial Crimes Enforcement Network. So eine Art Finanzgeheimdienst des Schatzamts. Das System sollte Transaktionen an der Börse anzeigen, die auf einen bevorstehenden Terrorakt hinweisen könnten. Bei diesen Aktionen hier hätten da alle Alarmglocken läuten müssen."

„Haben sie wohl nicht, oder man hat weggehört."

„Wie meinst du das?"

„Dass da etwas faul ist und zu viele wohl schon im Voraus von diesen Anschlägen gewusst haben mussten. Wir müssen dranbleiben. Danke dir erst einmal."

Zufrieden schrieb Phillips seinen Artikel und lieferte ihn ab. Die Titelseite hatte man ihm wieder komplett freigehalten.

***

Der Artikel schlug erst einmal hohe Wellen. Weniger bei der Bevölkerung, die ja zum großen Teil willens war alles zu glauben, was sie im Fernsehen über diese Anschläge vorgesetzt bekam, als vielmehr bei den Behörden. Von der NSA wurde die Herausgabe von Telefonmitschnitten verlangt, um so an die Identitäten der Insider zu gelangen, was allerdings umgehend von der Rechtsabteilung der National Security Agency mit dem Vermerk abgelehnt wurde, dass es nicht erlaubt sei, amerikanische Staatsbürger abzuhören. Die Bänder wurden danach angeblich gelöscht. Die Börsenaufsicht kündigte vorsichtig eine

Untersuchung an.

Auf CNN wurde vermeldet, dass man nun offiziell von neunzehn Entführern ausgehe. Der Name eines gewissen Mosear Caned tauchte jetzt zusätzlich in der Liste auf und war plötzlich auch auf den neu veröffentlichten Passagierlisten zu finden. Drei Stunden später wurde der Name durch Hani Hanjour ersetzt. Er war es auf einmal, der Flug American 77 ins Pentagon gesteuert haben soll. Der Name Caned verschwand wieder von allen Listen.

Gegen Mittag fuhr Phillips nach Hause. Er war müde und brauchte jetzt etwas Schlaf.

6

Die Drohung

Mark Phillips saß zuhause an seinem Schreibtisch und sichtete seine Notizen, die er aus der Redaktion mitgenommen hatte. Die ganze Sache war so verworren, so komplex und dabei so unglaubwürdig, dass er manchmal das Gefühl hatte, den Durchblick zu verlieren und es einfach so zu belassen, wie es von den Behörden dargestellt wurde.

Plötzlich hörte er aus der Ferne das Heulen von Polizeisirenen, was in dieser ruhigen Wohngegend eigentlich eine Seltenheit war. Die Sirenen kamen schnell näher. Als er aus dem Fenster sah, hielten zwei Streifenwagen und ein Wagen der Ambulanz mit quietschenden Reifen vor seiner Haustür. Vier Polizisten, mit Schlagstöcken und einem Rammbock bewaffnet, stürmten auf das Haus zu. Noch bevor Phillips die Haustür erreichte, wurde sie mit einem lauten Krachen aufgebrochen. Zwei Polizisten schlugen ihn mit den Schlagstöcken auf Kopf und Schultern, dann packten Sie ihn an den Armen und schleiften ihn aus dem Haus. Er wollte gegen diese Behandlung protestieren, doch einer der Männer rammte ihm den Stock in den Magen, was ihm die Luft nahm. Die Arme wurden ihm nach hinten gedreht und er wurde auf den Boden gerissen. Einer der Polizisten kniete sich mit dem ganzen Gewicht auf seine Schläfe. Phillips bekam keine Luft mehr und hatte das Gefühl, ihm würden die Augen aus dem Kopf quellen. Dann verschwamm alles um ihn, rückte in immer weitere Ferne.

„…Frank, der Taser", hörte er noch den Mann rufen, der auf ihm kniete. Kurz darauf spürte er einen unglaublichen, stechenden Schmerz im Nackenbereich, dann wurde alles dunkel.

***

Mark Phillips schlug die Augen auf. Alles um ihn herum war verschwommen, so, als würde er durch eine Milchglasscheibe blicken. Über ihm war ein grelles Licht. Langsam nahm seine Umgebung Konturen an.

„Er ist wieder da", hörte er jemanden sagen.

Vorsichtig versuchte er sich aufzurichten. Doch höllische Schmerzen im Nacken- und Schulterbereich verhinderten das Vorhaben. Er ließ sich zurück auf die Liege fallen.

„Wo bin ich hier?", murmelte er.

„Schön, dass Sie wieder bei uns sind. Sie befinden

sich noch im Ambulanzfahrzeug. Das ist Pflicht nach einem Taser Einsatz. Da ruft die Polizei immer die Ambulanz."

„Aber ihr seid doch zusammen mit der Polizei gekommen."

„Stimmt, diesmal haben sie uns gleich mitgenommen. Wie auch immer, Sie sind außer Gefahr. Daher bringen wir Sie jetzt ins Haus. Sollten Folgeerscheinungen auftreten, rufen Sie uns an."

Die beiden Rettungssanitäter halfen ihm auf und er stöhnte vor Schmerzen.

„Sie bekommen von uns noch ein Mittel gegen die Schmerzen."

„Welche Folgeerscheinungen können denn auftreten?"

„Na, zum Beispiel Kreislaufstörungen, Muskelkrämpfe oder ein epileptischer Anfall, aber das kommt selten vor."

Der Sanitäter sagte das so beiläufig, als ginge es um einen leichten Schnupfen.

„Da bin ich ja beruhigt."

Sie hatten ihn auf einen Sessel im Wohnzimmer platziert, eine Packung Tabletten und eine Karte mit Telefonnummer auf den Tisch gelegt und sind ohne ein weiteres Wort gegangen. Phillips hatte das Bedürfnis hier einfach nur noch sitzen zu bleiben und sich nie wieder zu rühren, aber sein Verstand sagte ihm, dass er jetzt etwas tun musste. Mühsam angelte er sich das Mobiltelefon vom Tisch und rief seinen Chefredakteur an.

„Was?", brüllte Robert Wilson in den Hörer. „Ich komme sofort."

***

„Sie brauchen einen Arzt und eine neue Haustür", meinte Wilson, als er eine halbe Stunde später vor Phillips stand.

„Keinen Arzt."

„Doch, ich bestehe darauf! Erstens brauche ich Sie gesund und einsatzfähig und zweitens werden wir diese Schweine fertig machen und dazu brauchen wir eine ärztliche Bescheinigung. Sie sind da wohl jemandem gehörig auf die Zehen getreten, wenn die zu solchen Mitteln greifen und sogar die Polizei vor ihren Karren spannen. Das war eine Warnung."

„Das wäre dann die zweite."

„Wie meinen Sie das?"

„Die Tage hat mich jemand direkt vor dem Redaktionsgebäude angesprochen. Ich solle aufhören wie ein Ferkel im Dreck zu wühlen, hat er gesagt."

„Und dann?"

„Dann ist er gegangen."

„Und warum weiß ich das nicht?", tobte Wilson.

„Ich hielt es nicht für relevant."

„Für nicht relevant? Das Ergebnis haben Sie nun. Sollte ich jemals noch Zweifel an Ihrer Geschichte gehabt haben, so sind sie nun beseitigt. Sie haben ab sofort freie Hand. Verfügen Sie über Ihr Team. Wenn Sie Geld brauchen, melden Sie sich. Diese Scheiße muss an die Öffentlichkeit. Egal wen wir damit anpissen!"

„Danke Chef!"

Wilson Hatte sich erhoben und zum Gehen gewandt, als er sich noch einmal umdrehte.

„Ach so, gute Besserung. Ich schicke Ihnen noch den Doc vorbei und wegen Ihrer Tür bestelle ich gleich einen Schreiner."

***

Der Arzt hatte seine Untersuchung beendet Er war erschrocken über die Brutalität mit der die Polizei gegen einen unbescholtenen Bürger vorgegangen war und wollte ihn gleich für eine Woche arbeitsunfähig schreiben. Phillips hatte dankend abgelehnt, ihm aber erlaubt das Ergebnis der Untersuchung an seinen Chef weiterzuleiten. Als er dann endlich wieder alleine war, rief er Paul Ryman an.

„Hey Paul, ich weiß es ist spät, aber hier ist etwas passiert. Bist du noch in New York?"

„Sicher bin ich noch hier. Was ist denn los?"

„In Kurzform. Die Bullen haben heute Abend meine Tür aufgebrochen, mich aus dem Haus gezerrt, verprügelt und getasert. Zwei Sanitäter haben mich dann verarztet und wieder ins Haus gebracht."

„Meine Fresse! Der Befehl dazu muss ja dann von ganz oben gekommen sein. Da hast du wohl jemanden aufgeschreckt mit deinen Artikeln."

„Das hat der Chef auch gemeint. Er hat mir freie Hand gegeben und unser Team bleibt bestehen. Deine neue Kamera bekommst du natürlich auch bezahlt. Bist du weiter dabei?"

„Aber sicher. Ich melde mich morgen. Dann habe ich hoffentlich wieder etwas für dich."

Mühsam schleppte er sich ins Bett. Ein paar Stunden Schlaf würden ihm sicher guttun.

***

Als Phillips am nächsten Morgen die Beine über die Bettkante schob, hatte er das Gefühl, als hätte ihn ein Güterzug überrollt. Es gab wohl keinen Muskel in seinem Körper, der nicht höllisch schmerzte. Eine Weile blieb er so sitzen, dann gab er sich einen Ruck und stand auf. Seine Artikel hatten wohl an der richtigen Stelle Wirkungstreffer erzielt und man wollte ihn aus dem Verkehr ziehen, bevor er noch mehr aufdeckte und der Öffentlichkeit zugänglich machte. Die meisten seiner Landsleute glaubten zwar immer noch an das, was sie in offensichtlich manipulierten Nachrichten vorgesetzt bekamen, aber es gab auch nicht wenige, die anfingen Fragen zu stellen.

Die ausgiebige Dusche tat ihm gut und nach der ersten Tasse Kaffee und einer Zigarette waren seine Lebensgeister wieder geweckt. Dann kam der erwartete Anruf von Ron Newman.

„Ich war doch gestern an der Stelle, an der man nun Trümmerteile der Maschine gefunden hatte. Diesmal hat man uns sogar näher herangelassen. Ich sage dir, die glauben wohl, wir sind alle blöd."

„Wieso? Was hast du gesehen?"

„Ein paar kleine Blechteile. Nicht viel größer als meine Hand und ein etwas größeres Stück mit einem Fenster und der Bemalung von United Airlines. Das war alles. Einige der Blechstücke hingen sogar dekorativ in Büschen und Bäumen. Später fand man dann etwas weiter ein zusammengestauchtes Triebwerk im Boden. So ein Blödsinn. Hier hat sich die Mühle in lauter kleine Brocken aufgelöst und über sieben Kilometer weiter ist ein relativ kleines schwarzes Loch in der Erde, wo sie dann angeblich reingestürzt und sich in Wohlgefallen aufgelöst haben soll. Entweder die Maschine wurde da abgeschossen, wo die Trümmer lagen, das würde die Streuung erklären, oder man hat die Teile später dorthin gelegt. Wie sie es beim Pentagon auch gemacht haben müssen. Ein normaler Absturz kommt jedenfalls nicht infrage."

„Und was spricht gegen einen Abschuss?"

„Viel. Es müsste mehr Trümmerteile geben und sie müssten Brandspuren aufweisen. Tun sie aber nicht. Wenn die Maschine abgeschossen wurde, konnte sie schlecht weiterfliegen, in dieses Loch stürzen und sich auflösen. Und was ist mit den Passagieren und dem Gepäck? Selbst damals bei der PanAm in Lockerbie fand man viele Leichen, Gepäckstücke und sonstige Ladung. Und die Maschine ist in zehntausend Metern Höhe explodiert und abgestürzt. Im Umkreis von diesem Loch hatte der Leichenbeschauer ja absolut nichts gefunden."

„War der jetzt auch da?"

„Ja, er war auch hier. Wir treffen uns nachher. Er konnte nicht mit mir sprechen, weil hier überall Schlipsträger herumlaufen und jeden argwöhnisch beobachten. Außerdem gab es keine Abfangjäger in dieser Region, die eine Passagiermaschine hätten abschießen können. Das musst du mal recherchieren wo die alle waren. Ich habe gehört, man hätte am 11. September fast alle Maschinen von der Ostküste zu Übungen nach Nordwesten und Alaska verlegt. Die Thunderbold, die man gesehen haben will, ist zu langsam, um eine B757 einzuholen und abzufangen.

Es sei denn, sie kreiste schon hier und hat auf die Maschine gewartet. Und noch ein Rätsel. Wie kann man hier in Shanksville eine Maschine abschießen, die doch in Cleveland gelandet war?"

„Das wird ja immer verworrener. Ich kümmere mich darum. Übrigens, der Chef hat das Team jetzt genehmigt. Wir haben freie Hand."

„Wie kommt der Sinneswandel?"

„Das willst du nicht wissen."

„Raus damit, oder ich gehe sofort in Urlaub."

Phillips schilderte in knappen Worten, was ihm am letzten Abend widerfahren war. Dann zog er sein Jackett über und verließ das Haus. In seinem Briefkasten fand er, außer ein paar Rechnungen, wieder einen unbeschrifteten Umschlag mit einer, auf einem Computer geschriebenen Nachricht.

Nach dem gestrigen Vorfall wollte ich Sie nicht stören. Ihr Artikel hat mir wieder sehr gut gefallen und er hat an der richtigen Stelle Wirkung gezeigt, wie Sie leider schmerzhaft erfahren durften. Wenn Sie trotzdem weiter machen, was ich annehme, habe ich neue Informationen für Sie. Seien Sie um elf Uhr an Ihrem Telefon. Nehmen Sie die Warnung von gestern sehr ernst und passen Sie auf sich auf.

7

Die Piloten

Phillips saß gebannt vor seinem Telefon und wartete auf den Anruf. Auf den Fernsehbildschirmen liefen ununterbrochen die Videos der Einschläge wie in einer Endlosschleife. Immer die gleichen Zeugen, die gleichen Aussagen, die gleichen Fragen.

Endlich klingelte es.

„Mr. Phillips?"

„Ja."

„An der Rezeption liegt ein Umschlag für Sie. Gehen Sie sofort runter, bevor die anderen ihn holen."

Das Gespräch war beendet.

Er ließ den Hörer fallen und rannte, soweit es sein lädierter Körper zuließ, zu den Aufzügen. Nach quälend langen Sekunden öffnete sich endlich eine Tür. Der Mann, der im Aufzug stand, war ihm nicht bekannt. Er trug einen eleganten Anzug und teure Schuhe. Phillips fing an zu schwitzen, er hatte das Gefühl von dem Mann taxiert zu werden. Als die Tür sich wieder öffnete, ließ er ihm den Vortritt. Doch der Mann ging zielstrebig Richtung Ausgang und verschwand in der Menge. Er verharrte noch einen Moment und beobachtete das Foyer, konnte aber nichts Verdächtiges feststellen.

„Ist etwas für mich abgegeben worden?"

Das Mädchen an der Rezeption überreichte ihm ein kleines Kuvert.

„Danke. Wie sah der Mann aus, der das abgegeben hat?"

„Das war kein Mann, das war ein Junge, so etwa zwölf Jahre alt. Stimmt was nicht?"

„Doch, doch. Alles in Ordnung."

Zurück am Schreibtisch öffnete er hastig den Umschlag. Darin befanden sich ein Zettel und eine kleine Plastikkarte.

Fahren Sie zum Washington Hilton. Dort ist ein Zimmer reserviert und bezahlt. Die Schlüsselkarte liegt bei. Gehen Sie ohne Umweg direkt in das Zimmer und warten Sie auf meinen Anruf.

***

Phillips fuhr mit einem Taxi zu dem großen Gebäudekomplex, der bereits 1981 Berühmtheit erlangte, als dort ein gewisser John Hinckley ein Attentat auf den damaligen Präsidenten Ronald Reagan verübte. Er durchquerte die Lobby und fuhr in die dritte

Etage. Nachdem er sich vergewissert hatte, dass der Gang leer war, betrat er das Zimmer. Auf dem Bett fand er einen weiteren Zettel und eine andere Schlüsselkarte.

Gehen Sie in den letzten Raum auf der linken Seite. Lassen Sie Ihre Karte hier liegen. Nehmen Sie diese Nachricht mit und werfen sie dort in die Toilette.

Er betrat das andere Zimmer, zerriss den Zettel und spülte ihn in der Toilette hinunter. Dann setzte sich auf das Bett und wartete. Waren diese Vorsichtsmaßnahmen nicht übertrieben, gar paranoid? Andererseits, wenn er bedachte was ihm geschehen war, dass im Auftrag der Politik das Recht gebeugt wurde, konnte man nicht vorsichtig genug sein.

Das Zimmertelefon läutete. Zögernd nahm er den Hörer ab.

„Ja?"

„Mr. Phillips?"

„Ja."

„Haben Sie alles getan, um was ich Sie gebeten habe?"

„Ja, habe ich."

„Es tut mir leid wegen der Unannehmlichkeiten, die ich Ihnen bereiten muss, aber ich kann nicht vorsichtig genug sein."

„Schon gut. Um was geht es?"

„Es geht um die angeblichen Terrorpiloten, deren Hochglanzfotos der Presse gezeigt wurden.

Haben Sie sich nicht gewundert, wie schnell die Behörden die angeblichen Flugzeugentführer identifiziert hatten? Und das, obwohl von allen vier Maschinen nichts gefunden wurde, sie angeblich pulverisiert waren. Von den sogenannten Todespiloten hatte sogar der Bürgermeister von New York schon Fotos, die er, wie Sie ja wissen, der Presse zeigte. Jetzt passen Sie auf. Alle diese sogenannten Terroristen wurden schon vor längerer Zeit und mehrfach von der CIA und dem Militär an der Einwanderungsbehörde vorbei ins Land geholt. Einige von ihnen wurden auf dem Marineflieger Stützpunkt Pensacola in Florida ausgebildet. Der angebliche Anführer, dieser Mohammed Atta, hatte eine Zulassung für die International Officer's School auf der Maxwell Airforce Base in Montgomery. Auch haben einige dieser Leute bei diversen Flugschulen in diesem Land Flugunterricht gehabt…"

Schlagartig kam Phillips sein Erlebnis in Florida in den Sinn.

„…auch in Venice?"

„Auch in Venice. Ich sehe, Sie haben Ihre Hausaufgaben gemacht und wissen worum es geht. Dieser Hani Hanjour, der den American Airlines Flug 77 so kunstvoll ins Pentagon geflogen haben soll, wollte letzten Monat am Freeway Airport in Bowie, ganz hier in der Nähe von Washington DC, eine Fluglizenz erwerben um eine Maschine zu mieten. Nach drei Probeflügen mit Fluglehrer in einer Cessna hat man ihm mitgeteilt, dass er nicht fähig sei ohne Begleitung zu fliegen. Vor fünf Jahren hatte er schon einmal eine Flugschule in Scottsdale, Arizona, besucht. Auch dort galt er als unfähig. Nawaq al-Hamzi und Khalid al-Midhar, die mit in dieser Maschine gewesen sein sollen, hatten in San Diego eine private Flugschule besucht, sind aber gleich wegen Unfähigkeit und katastrophaler Englischkenntnisse rausgeflogen. Später haben sie versucht am Montgomery Airfield Flugstunden zu nehmen. Nach zwei Stunden wurde ihnen nahegelegt das Ganze zu vergessen. Sie waren schlichtweg unfähig. Dumm und Dümmer, wie der Fluglehrer sich ausdrückte. Jetzt sagen Sie mir, wie solche Dilettanten eine Boeing 757 während des Flugs kapern, den Transponder abschalten und dann gezielt in fünf Fuß Höhe ins Pentagon fliegen konnten, oder mit über 850 km/h in einen dreiundsechzig Meter breiten Turm. Ganz davon abgesehen, dass dies physikalisch schon nicht möglich ist."

Phillips brauchte einen Moment um das Gehörte zu verdauen.

„Eigentlich unmöglich, wenn es stimmt."

„Prüfen Sie es nach, aber das war noch nicht alles. Mohammed Atta, der die American 11 in den Nordturm, und Marwan al-Shehhi, der angeblich die United 175 in den Südturm gesteuert haben soll, hatten hunderte von Flugstunden in Venice und am Sarasota Bradenton Airport erfolglos absolviert. In Sarasota haben sie nicht einmal den Eingangstest bestanden. Diese ganzen Araber wurden systematisch als Bauernopfer aufgebaut."

„Dann gab es keine Flugzeuge?"

„Nein. Zumindest keine, die irgendwo hineingeflogen sind."

„Aber wo sind dann diese vier Maschinen mit den Passagieren geblieben?"

„Eine gute Frage. Ihr Kollege in Shanksville hat Ihnen bestimmt schon berichtet, was sich in Cleveland ereignet hatte."

„Woher wissen Sie…?"

„Ich weiß es, das genügt. Denken Sie einmal darüber nach, was wäre, wenn nicht nur eine Maschine dort unbeobachtet gelandet ist. Sagt Ihnen der Begriff *Operation Northwoods* etwas?"

„Nein, was ist das?"

„Während der Kubakrise entwickelte der Generalstab des Verteidigungsministeriums einen Geheimplan. Der sah vor, durch inszenierte Anschläge die Autorisierung für einen Krieg gegen Kuba zu bekommen. Ein Punkt beschrieb folgendes Szenario: Eine amerikanische Chartermaschine sollte bei einem geheimen Rendezvous in Florida gegen ein identisches Duplikat, was von der Eglin Airforce Base gestartet war, ausgetauscht werden. Während die Originalmaschine im Tiefflug zur Eglin Base zurückflog, steuerte das Duplikat ferngelenkt in Richtung Guantanamo Bay, wo es dann nach einem gefälschten Notruf gesprengt werden sollte. Das Papier wurde Präsident Kennedy im März 1962 vorgelegt. Glücklicherweise lehnte er es ab zu unterschreiben. Kommt Ihnen das bekannt vor?"

„Das ist ja unglaublich!"

„Aber wahr. Vor drei Jahren hat Präsident Clinton die Akte freigegeben. Sie haben sich sicher auch gewundert, dass keine Angehörigen an den Flughäfen waren, wo die Hyänen der Fernsehanstalten schon auf dramatische Bilder warteten. Es gab keine."

„Bei United Airlines sagte mir, man hätte die Leute telefonisch benachrichtigt und gebeten nicht zu kommen."

„Wie denn? Mit hunderten von einzelnen Telefonaten in der kurzen Zeit oder etwa mit einer Tonbandnachricht? Glauben Sie das?"

„Nein, eigentlich nicht. Mich wundert auch, dass es keinen Aufschrei der Empörung seitens der Angehörigen gegeben hat."

„Genau. Und noch etwas, versuchen Sie beim Bureau of Transportation Statistics Einblick in die Liste vom 11. September zu bekommen. Dort werden alle Flugbewegungen registriert. Sehen Sie sich auch das Register der FAA für diesen Tag an."

„Was finde ich da?"

„Sie werden etwas Ungeheuerliches feststellen. Noch ein Tipp. Sehen Sie sich die angeblichen Piloten der vier Flüge einmal genauer an. Sehr genau. Das reicht für heute. Machen Sie weiter so und seien Sie sehr vorsichtig. Sie kommen dem Kern der Sache immer näher und somit werden Sie für bestimmte Kreise gefährlich. Warnen Sie auch Ihre beiden Kollegen. Die Luft wird jetzt dünner. Für uns, wie für die Gegenseite."

***

Phillips hatte eilig das Hotel verlassen. Um an der Rezeption von niemandem erkannt zu werden, ließ er die Schlüsselkarte einfach auf dem Bett liegen. Auf der Connecticut Avenue hielt er ein Taxi an und fuhr zurück in die Redaktion. Er musste sich erst einmal sammeln. Falls das alles stimmte, was der Unbekannte Informant ihm gerade erzählte, dann hatten sie es hier mit einem unvorstellbaren, groß angelegten Verbrechen zu tun, wie es noch nie dagewesen ist und die Planer kamen aus dem inneren Zirkel der Macht in diesem Land. Wie sollte er als kleines Licht dagegen halten? Aber die Öffentlichkeit musste die Wahrheit erfahren.

Er nahm den Hörer und rief Frank Robson vom Miami Herald an, um ihn ins Bild zu setzen.

„...danke für die Info, Mark. Ich habe auch noch etwas für Sie. Bei den israelischen Kunststudenten in dem Hotel in Venice handelte es sich um Mitarbeiter des israelischen Geheimdienstes und bei diesem Wanderzirkus waren Agenten der CIA Dauergäste. Die wussten also alle, was da vor sich geht."

„Danke Frank. Passen Sie auf sich auf."

Da das BTS sein Headquarter im Süden von Washington DC hatte, fuhr er gleich dorthin. Anfänglich war man dort nicht gerade begeistert, dass ein Pressevertreter Einblick in die Flugstatistik haben wollte. Nachdem er aber sein unschuldigstes Lächeln aufgesetzt und nochmals freundlich darum gebeten hatte, ließ sich die junge Dame im Büro erweichen und holte ihm die fraglichen Daten auf den Bildschirm. Phillips wollte es nicht glauben, was er dort sah, oder besser nicht sah. Am 11. September waren zwar die Flüge United 93 und United 175 gelistet, aber die Flüge American 11 und American 77 haben offenbar nicht stattgefunden.

„Was bedeutet das, wenn eine Flugnummer hier nicht erscheint, Miss…?"

„Parker, Rose Parker. Dann wurde der Flug nicht offiziell gemeldet und hat nicht stattgefunden."

„Danke vielmals, Miss Parker. Kann ich mir bei Ihnen ein Taxi bestellen?"

***

„Laufen geht schneller", brummte der Taxifahrer, wenig erfreut über die kurze Fahrstrecke, als Phillips ihm die Adresse der FAA an der Independence Avenue nannte.

Auch hier war man anfänglich reserviert, willigte aber dann doch ein, ihm Einblick in den Registereintrag vom 11. September zu gewähren. Auch hier gab es keinerlei Eintrag von den beiden Flügen der American Airlines. Informationen über die Piloten der vier Maschinen wurden aber abgelehnt.

Phillips fuhr zurück in die Redaktion und rief umgehend bei der Airline in Dallas-Fort Worth an um sie mit der Frage zu konfrontieren, warum diese beiden Flüge nicht gelistet waren und somit eigentlich nicht existierten. Es dauerte eine Weile, bis man ihn endlich an einen Mitarbeiter der Flugplanung weitergeleitet hatte.

„…das kann sich nur um ein Missverständnis handeln, Mr. Phillips, bei uns ist alles korrekt gelaufen. Mehr kann ich Ihnen dazu nicht sagen."

Was hätte er auch anderes erwarten können. Er würde es trotzdem bringen. Die FAA wird sich kein Missverständnis vorwerfen lassen.

Bei der Durchsicht seiner E-Mails fand er das Foto, was Ron ihm geschickt hatte. Nein, dieser Rauchpilz konnte nicht von einer abgestürzten Passagiermaschine stammen.

Er machte sich an die Arbeit. Es wurde höchste Zeit für den neuen Artikel.

„Hast du schon gegessen?"

Phillips hatte Eileen Turner nicht kommen gesehen.

„Nein, aber ich habe auch keinen Hunger."

„Du musst etwas essen, sonst klappst du zusammen. Komm schon, auf ein Sandwich. Ich habe auch noch etwas Nettes für dich", beharrte sie.

Schließlich gab er nach und ging mit ihr in ein Restaurant in der Nähe, wo er sich ein Putensandwich und ein Bier genehmigte, während Eileen nur einen Salat nahm. Sie hatte recht, er musste etwas zu sich nehmen um fit zu bleiben.

„Nun, was hast du für mich?"

„Ich habe mich noch einmal mit den Insidergeschäften befasst. Die Investmentfirma, die den Deal mit den Papieren von United Airlines abgewickelt hat, stand tatsächlich bis vor etwa zwei Jahren unter der Leitung von Alvin Bernard Krongard. Diese Alex Brown Investment ist spezialisiert auf anonyme An- und Verkäufe von Wertpapieren. Die Alex Brown Investment wiederum gehört zur Banker's Trust, deren stellvertretender Vorsitzender Krongard war, und zwar mit Anteilen von siebzig Millionen Dollar. Diese Investmentbank wurde zwei Jahre zuvor an die Deutsche Bank verkauft und diesen zwei Milliarden Deal fädelte Krongard selbst ein. Die Banker's Trust stand nämlich seinerzeit unter dem Verdacht der Wäsche von Drogengeldern und mit dem Verkauf konnte sie sich der strengen Kontrolle der New Yorker Bankenaufsicht entziehen. Krongard wurde dann 1998 Berater vom Direktor der CIA und in diesem Jahr Verwaltungschef."

Phillips brauchte einen Moment um das Gehörte zu verarbeiten.

„Danke Eileen, sehr gute Arbeit. Wieder ein Steinchen im großen Mosaik."

Eine Planung vom Inner Circle, wie sein Informant sagte, wurde tatsächlich immer wahrscheinlicher, je tiefer sie in die Sache eindrangen.

***

Kurz nachdem Phillips wieder an seinem Schreibtisch saß, meldete sich Ron Newman.

„Wo warst du, verdammt. Ich habe dreimal versucht dich anzurufen."

„Entschuldige, aber ich muss auch mal etwas essen. Warum rufst du mich nicht auf dem Handy an?"

„Dann müsstest du es auch einmal einschalten."

Phillips zog sein Mobiltelefon aus der Tasche. Es hatte sich abgeschaltet. Er hatte einfach vergessen, den Akku zu laden.

„Tut mir leid, es ist leer."

„Schon gut. Also pass auf. Ich habe mich doch noch einmal mit dem Leichenbeschauer getroffen. Er wollte zuerst nichts sagen. Die haben hier alle einen Maulkorb verpasst bekommen. Auch der Bürgermeister und der Sheriff. Aber dann hat er mir doch etwas verraten. Dieses Mal hat er Leichen gesehen, nicht viele, die aber wären wie Zombies gewesen. Normalerweise müsste es ja blutige Verletzungen gegeben haben, aber diese Toten waren völlig leer, ausgeblutet. Dann wurden die Leichen von Militärfahrzeugen abgeholt. Bevor er sich verabschiedete, sagte der Mann noch, dass es so aussah, als hätte man die Toten einfach so dorthin gelegt."

„Da werden mit aller Macht falsche Fakten geschaffen und das noch ziemlich dilettantisch."

„Ich habe noch etwas. Jetzt hat man auf einmal doch den Flugschreiber gefunden. Und zwar in dem kleinen Loch in vier Metern Tiefe. Ich hab das Ding gleich fotografiert, bevor die es weggebracht haben. Wenn du einmal deine E-Mails nachsehen könntest, dann würdest du das Foto finden."

„Warte, ich hab's gleich. So jetzt. Was hast du denn da eingekreist?"

„Wie du unschwer erkennen kannst, befindet sich oben auf dem verkratzten Label der Buchstabe H. Das steht für Honeywell, den Hersteller. Dort müsste aber ein A stehen für Allied Signal."

„Was bedeutet das denn schon wieder?"

„Ganz einfach. United hat die Maschine 1996 in Dienst gestellt und laut Airline hat damals Allied Signal und nicht Honeywell den Flugdatenschreiber und den Stimmenrekorder geliefert, die in dieser Maschine verbaut wurden."

„Also noch so eine Lüge."

„Ja, und da du jetzt Geld vom Chef für unsere Recherchen bekommst, werde ich mir einen Helikopter chartern und mir das Absturzloch mal aus der Luft ansehen. Die Bilder schicke ich dir dann."

„Danke Ron."

***

„Das klingt mir aber stark nach einer Räuberpistole, Phillips", meinte der Chefredakteur, als Mark seine neuesten Ergebnisse vorlegte.

„Ich weiß, dass es abenteuerlich klingt, aber es ist wahr. Ron würde mir keinen Scheiß erzählen und Eileen auch nicht."

„Gut, die Sache mit Krongard könnt ihr bringen, von der anderen Geschichte möchte ich noch mehr Beweise."

8

Falsche Fakten

Paul Ryman saß auf seinem Klappstuhl am Fenster einer leergeräumten Büroetage in einem Gebäude unweit der World Trade Center Plaza und beobachtete mit einem Fernglas das Geschehen an der Einsturzstelle, wo bis vor fünf Tagen noch zwei riesige Bürotürme standen. Glauben konnte er es noch immer nicht, was sich da ereignet hatte.

Vor einer Stunde kam ein Lastwagen einer Abbruchfirma, offenbar um Schutt abzutransportieren. Das Sicherheitspersonal verwehrte jedoch die Zufahrt. Später kamen ein Greifbagger auf einem Tieflader und ein anderer Lastwagen. Diese Fahrzeuge durften passieren. Paul versuchte den Schriftzug auf dem Lastwagen zu erkennen. *Controlled Demolition* konnte er entziffern.

Plötzlich fiel ihm ein einzelner Mann auf, der sich offenbar ungehindert auf dem Areal bewegen konnte. Vielleicht war das eine Chance etwas mehr in Erfahrung bringen zu können. Diesen Mann wollte er unbedingt sprechen. Er schnappte sich seine Kamera und fuhr nach unten.

An der Absperrung wartete er geduldig, bis der Mann in Rufnähe kam.

„Hallo!"

Der Mann blickte sich um.

„Meinen Sie mich?"

„Ja. Könnte ich Sie kurz sprechen?"

Jeder Schritt des Mannes wurde von einer feinen Staubwolke begleitet, so als würde er durch feines, graues Mehl waten.

„Was kann ich für Sie tun?"

„Entschuldigen Sie, ich bin Paul Ryman von der Washington Post. Ich sah Sie hier alleine in den Trümmern, wo doch die Sicherheitskräfte sonst niemanden heranlassen. Da fragte ich mich, was Sie hier machen und wer Sie sind."

Der Mann klopfte sich notdürftig den Staub aus der Kleidung.

„Mein Name ist Walker, Jason Walker. Ich bin eigentlich bei der Kriminalpolizei. Ich suche hier nach Indizien oder Beweisen."

Ryman wurde hellhörig.

„Beweise wofür?"

„Ich habe die Artikel Ihres Kollegen Phillips gelesen. Die sind nicht so weichgespült wie die der anderen Zeitungen, oder die manipulierten Berichte im

Fernsehen. Ich denke, er ist auf dem richtigen Weg."

„Deshalb hat er mich ja gleich hierher geschickt. Wir sind ein Team von vier Journalisten die herausfinden wollen, was hier wirklich geschehen ist."

„Das versuche ich auch, bevor die Beweise vernichtet werden. Sehen Sie den Bagger und den Lastwagen? Die räumen schon die Stahlträger weg, bevor hier überhaupt eine Untersuchung stattgefunden hat. Warum, wenn man nichts zu verbergen hat?"

„Ich hatte mich vorhin schon gewundert. Da wurde ein Lastwagen von der Security weggeschickt. Kurz darauf kam dieser und durfte rein."

Jason Walker nickte.

„Und diese Firma hier ist zufällig die gleiche, die auch damals nach dem Anschlag 1995 in Oklahoma City den ganzen Schutt beseitigt hat. Da hatte man sich auch beeilt Beweise zu vernichten. Nur jene, die man für die offizielle Darstellung benötigte, tauchten dann auf und berechtigte Fragen konnten nie geklärt werden. Um das zu verhindern bin ich hier und durchsuche den Dreck."

„Was hoffen Sie hier zu finden?"

„Sehen Sie sich um. Hier stimmt alles nicht. Fangen wir an mit dem Staub. Wie können zwei über vierhundert Meter hohe Stahlkolosse in sich zusammenstürzen und sich dabei quasi in Staub auflösen?

Warum gibt es drei Tage nach dem Einsturz noch immer heiße Stellen in den Kratern? Wieso gibt es überhaupt Krater? Wenn so ein Koloss einstürzt, müsste es doch einen riesigen Schuttberg geben."

„Habe ich Sie jetzt richtig verstanden, da unten gibt es noch Brände?"

„Genau, aber nicht nur das, sondern da gibt es trotz des ganzen Löschwassers kochend heiße Pfützen aus flüssigem Metall. Was kann das verursachen? Bestimmt nicht ein Kerosinbrand, wie die offizielle Darstellung uns weißmachen will."

„Da haben Sie wohl recht", meinte Ryman nachdenklich, „wohin werden denn die Trümmer gebracht?"

„Zur Deponie *Fresh Kills* auf Staten Island. Die wurde praktischerweise vor einem halben Jahr geschlossen. Noch etwas. Wieso ist Gebäude sieben eingestürzt, obwohl es weder von einem Flugzeug, noch von größeren Trümmerteilen getroffen wurde? Und wieso steht vom Gebäude sechs noch die Fassade, obwohl da angeblich große Teile des Nordturms draufgefallen sind? Aber warum ist in genau diesem Gebäude ein Krater, der mehrere Stockwerke tief bis in den Keller reicht? Sie haben doch ein Teleobjektiv. Suchen Sie sich einen höheren Standort und fotografieren Sie in die Krater der Türme und machen Sie

Bilder von den paar Stahlstützen, die noch vorhanden sind. Sie werden dann sehen, was ich meine. Und nun verschwinden Sie. Man wird schon auf uns aufmerksam."

„Vielen Dank Mr. Walker!"

Ryman sah sich um. Von wo hatte er den besten Einblick in die Krater, von denen Walker sprach. Den vom Gebäude sechs hatte er ja schon fotografiert und an Mark geschickt.

„Gegenüber, das Gebäude der Deutschen Bank, das wäre ideal", dachte er, aber es war so beschädigt, dass man ihn bestimmt nicht hinein ließ.

Er beschloss es trotzdem zu versuchen. Bei jedem Schritt wirbelte eine Wolke dieses feinen Staubs auf, als er den Block umrundete. Das Atmen fiel ihm schwer, obwohl er sich ein Taschentuch vor das Gesicht hielt.

Ryman hatte Glück. Das Gebäude schien unbewacht. Der ganze Eingangsbereich lag voller Schutt und Staub und die Aufzüge waren außer Betrieb. So blieb ihm nichts anderes übrig, als über die Treppe nach oben zu gelangen. Er war völlig fertig und verschwitzt, als er das achtundzwanzigste Stockwerk erreichte. Seine Kleidung klebte auf der Haut.

„Bis hierhin und nicht weiter. Das muss hoch genug sein", schnaufte er und öffnete die Tür zur Büroetage. Ihm war schwindlig.

Die Beschädigungen hielten sich in diesem Stockwerk in Grenzen. Sogar die meisten Scheiben waren noch intakt. Er suchte sich einen Platz, von dem aus er eine gute Einsicht in die Krater hatte, die sich jetzt dort auftaten, wo bis vor fünf Tagen noch die imposanten Twin Towers standen. Ryman sah durch den Sucher und das, was er sah, machte ihn stutzig. Seltsame, künstlich anmutende Gesteinsschichten waren dort zu sehen. Wie ausgewaschene Kieselsteine, nur das dieses Gestein hier fast um den ganzen Krater und bis tief nach unten verlief. Er verknipste den halben Film und machte sich wieder auf den Rückweg. Wieder auf der Straße, sah er auch die Stahlstützen, von denen Walker gesprochen hatte. Die beiden Träger, die er vor sich hatte, sahen aus, als hätte man sie im fünfundvierzig Grad Winkel abgeschnitten. „So sauber können die niemals abgebrochen sein", dachte er und machte schnell noch ein paar Fotos. Dann fiel ihm auf, dass in den Fassaden einiger Gebäude riesige Stahlträger steckten. Die waren bestimmte etliche Tonnen schwer. Welche Kraft war in der Lage diese riesigen Stahlteile fast hundert Meter weit zu schleudern? Von dem Einsturz konnte das nicht sein. Auch hiervon machte er einige Bilder.

***

Als Paul Ryman zurück in sein Hotelzimmer kam, stopfte er seine Klamotten in einen Plastiksack und stellte sich unter die Dusche. Eine dreckige, graue Brühe lief an ihm herunter und färbte die Duschwanne ein. Dieser feine Staub hatte sich in alle Poren und sogar in seine Unterwäsche gesetzt. Es dauerte eine Weile, bis er den Dreck abgewaschen hatte und sich wieder als Mensch fühlte.

Als erstes mussten die Bilder entwickelt werden und dann brauchte er dringend etwas zu trinken. Unterwegs kaufte er sich eine Rolle kleiner Plastiktüten. Er hatte sich vorgenommen, den Staub analysieren zu lassen. Dazu nahm Proben von verschiedenen Stellen rings um das WTC, oder was davon noch übrig war. In einer Bar bestellte er sich ein Bier und ein Sandwich und beschriftete die Tüten. Später rief er Phillips an, um Bericht zu erstatten.

„...die Fotos bekommst du per E-Mail. Die Staubproben schicke ich mit einem Kurierdienst."

„Klasse Arbeit, Paul. Wirklich super!"

***

„Sagen Sie Sheriff, wo kann man hier einen Helikopter mieten?"

Ron Newman saß mit dem Sheriff des Somerset County und dem Bürgermeister von Shanksville am Tisch in einer Kneipe und trank Bier. Der Sheriff kratzte sich am Kinn und zog die Stirn in Falten.

„Ich denke in Connellsville."

„Ja, ich denke in Connellsville", stimmte der Bürgermeister zu.

„Und wo ist das?"

„Knapp sechzig Meilen westlich von hier", meinte der Sheriff und trank sein Bier aus.

„Danke. Noch ein Bier?"

„Da sag ich nicht nein."

„Guter Mann", brummte der Bürgermeister anerkennend.

„Was wollen Sie denn von da oben sehen?"

„Ich würde mir gerne das Loch einmal von oben ansehen. Hier unten lassen mich die Jungs im Anzug nicht ran."

„Frage mich sowieso, was diese Idioten vom FBI hier wollen. Gibt doch eh nichts zu sehen."

„Vor ein paar Jahren wurden hier doch Luftaufnahmen von der ganzen Gegend gemacht", fiel dem Bürgermeister ein.

„Wer hat die Aufnahmen gemacht?"

„Irgendeine Kartografie Behörde."

„Danke meine Herren. Ich muss dann mal los."

***

Zwei Stunden später war Newman auf dem Rückweg nach Shanksville, nur an Bord eines Hubschraubers. Der Pilot kreiste um das Gebiet, in dem die Maschine der United Airlines abgestürzt sein soll. Das vom FBI gesperrte Areal sah auch aus der Luft nicht wie eine Absturzstelle eines großen Passagierflugzeugs aus. Eine dunkle Bodenfalte mit zwei kleinen Ausbuchtungen rechts und links und einem kleinen, runden Krater in der Mitte. Nicht größer als fünf oder sechs Meter. Das war alles. Er machte ein paar Fotos und ließ sich wieder zurückfliegen.

Zurück in Shanksville rief er umgehend Mark Phillips an.

„…und ich sage dir, da ist niemals ein Flugzeug abgestürzt, niemals! Das Loch ist viel zu klein. Der kleine Krater in der Mitte deutet höchstens auf eine kleine Bombe oder eine Luft-Boden-Rakete hin. Eine Tomerhawk oder was ähnliches. Da mir die Leute hier ja auch eine Thunderbold beschrieben hatten, würde das passen."

„Was glaubst du, ist denn dort passiert? Warum das Theater?"

„Das musst du rausfinden, großer Meister. Aber es wird noch besser. Obwohl sich die Maschine angeblich pulverisiert hat, fand das FBI nun den Führerschein von Ahmed al-Nami und die Pässe von Ziad Jarrah und Saeed al-Ghamdi. Alle drei Dokumente fast unbeschädigt, nur der Pass von Jarrah hat ein paar Brandspuren. Ist das nicht ein Wunder?"

„Das kann doch wohl nicht wahr sein. Von dem Flieger soll nicht einmal ein Triebwerk übrig geblieben sein und da finden die nun ausgerechnet drei gut erhaltene Dokumente der angeblichen Entführer und sonst nichts. Für wie blöd halten die uns?"

„Für sehr blöd, schätze ich. Ach, und da ist noch etwas. Der Bürgermeister sagte mir, dass vor ein paar Jahren hier Luftaufnahmen gemacht wurden. Er meinte, von einer Kartografie Behörde. Klemm dich mal dahinter, ob du solche Fotos bekommen kannst."

„Wofür soll das gut sein?"

„Nur so ein Gefühl, aber ich glaube, dass es das Loch im Boden hier schon länger gibt. Es sah zumindest aus dem Helikopter so aus."

„Ok, kann ich machen. Drüben in Virginia sitzt ja die USGS. Wahrscheinlich waren die das."

„Ich komme dann wieder zurück, wenn es recht ist. Ich bin ja hier mit allem durch."

„Gut, erkundige dich doch nur noch bitte, wohin die Zombies zur Autopsie gebracht wurden."

***

Phillips setzte sich in seinen Wagen und fuhr die knapp fünfundzwanzig Meilen nach Reston in Virginia. Dort wollte er dem United States Geological Survey einen Besuch abstatten. Der USGS war in den

Vereinigten Staaten die wichtigste Behörde für amtliche Kartografie. Dumm nur, dass sie dem Innenministerium unterstand, wodurch er mit Schwierigkeiten oder gar Ablehnung rechnete, wenn er seinen Presseausweis zeigte und sein Anliegen vortrug. Zu sehr war er den Behörden und Regierungsstellen in den letzten Tagen auf die Füße getreten.

Etwa vierzig Minuten später hielt er vor dem großen Gebäudekomplex hinter dem Reston National Golf Course. Seine Bedenken lösten sich in Wohlgefallen auf, als man ihm freundlich den Weg zur Luftbildstelle wies. Dort wurde er tatsächlich fündig und konnte, gegen eine Gebühr, sogar einige Abzüge mitnehmen.

Ron hatte recht. Dieses Täuschungsmanöver war so dilettantisch, dass es normalerweise nicht einmal jemand glauben konnte, der eine Fernseh-Soap für Realität hielt. Er hatte je ein Luftbild der USGS und ein Foto von Ron, das etwa die gleiche Perspektive hatte, nebeneinander gelegt. Diese Bodenfalte war definitiv in der gleichen Form bereits vor sechs Jahren vorhanden. Der einzige Unterschied war der Krater mit den beiden kleinen Ausbuchtungen.

Phillips rieb sich die Hände und ging zu seinem Chefredakteur.

„Das ist wirklich ein billiger Bluff", meinte Wilson,

„damit können wir denen schön Feuer unter dem Arsch machen."

„Dann lege ich mal gleich los."

„Nicht so eilig, Mark. Was ist denn mit diesen Blutleeren Leichen herausgekommen? Gibt es da Beweise? Wenn schon, dann müssen wir das mit aufnehmen."

„Ron ist dran."

„Ok, dann warten wir solange. Auch die Geschichte mit den Pässen halten wir noch zurück. Versuchen sie herauszufinden, ob beim WTC und dem Pentagon auch solche Dokumente gefunden wurden."

Phillips wollte gerade enttäuscht das Büro verlassen, als Wilson ihn noch einmal rief.

„Mark! Verdammt gute Arbeit!"

„Danke Chef."

Nicht mehr ganz so enttäuscht ging er zurück an seinen Schreibtisch und überlegte das weitere Vorgehen, als Ron Newman sich nochmals meldete.

„Ich habe mit dem Coroner vom Somerset County gesprochen. Er behauptet, dass die Autopsien der Toten von Shanksville von Militärpathologen unter strengster Geheimhaltung durchgeführt würden."

„Danke Ron, das habe ich noch gebraucht. Du kannst jetzt zurückkommen."

„Mir ist noch etwas eingefallen. Ich mache noch

einen Abstecher über Boston, wenn's recht ist."

„Was willst du denn da?"

„Ich versuche mit den Leuten aus dem Tower zu sprechen."

„Gut, mach das."

Bevor er mit diesen neuen Informationen zu Wilson gehen würde, wollte er noch eine Sache überprüfen, obwohl er die Antwort schon ahnte. Er rief das Büro des Coroners von Washington DC an.

„Mein Name ist Mark Phillips von der Washington Post. Könnten Sie mir sagen, wer für die Autopsie der Toten vom Anschlag auf das Pentagon zuständig ist?"

„Tja, Mr. Phillips, auf Anweisung des Verteidigungsministeriums werden die Untersuchungen an den wenigen Überresten, die man dort fand, von Militärärzten durchgeführt. Mehr wissen wir auch nicht."

„Trotzdem vielen Dank."

Mit diesen Informationen ging er wieder zu seinem Chef, der ihm daraufhin freie Bahn für den nächsten Artikel gab.

***

Am späten Nachmittag meldete sich Paul Ryman mit einer unglaublichen Nachricht.

„...stell dir vor, ich habe gerade erfahren, dass

man einen Block vom WTC entfernt den Pass von einem der Terroristen gefunden hat. Der Name ist Satam al-Suqami und er soll im Flug American 11 gewesen sein. Und jetzt kommt das Tollste: Der Pass war nahezu unversehrt. Kannst du mir sagen wie das gehen soll? Die Flugzeuge sollen sich durch den Aufprall pulverisiert haben und die Brände waren so heftig und heiß, dass drei Stahlkolosse eingestürzt sind. Nur ein Pass bleibt davon völlig unberührt? Verarschen kann ich mich selbst. Vielleicht hat der Attentäter den Pass kurz vor dem Aufschlag schnell aus dem Fenster geworfen, damit das FBI weiß, wer es war", lachte Ryman.

„Ron hat mir vorhin berichtet, dass man in Shanksville einen Führerschein und zwei Pässe der angeblichen Entführer gefunden hat. Und auch der Flieger hatte sich in Luft aufgelöst. Jetzt muss ich nur noch herausfinden, ob man eventuell am Pentagon auch einen Pass gefunden hat, was ich sogar stark annehme. Wir basteln uns eine Beweiskette."

***

Eine Stunde später hatte Phillips Gewissheit. Die Polizei fand vor dem Pentagon die ID Card von Nawaf al-Hazmi, der ebenfalls den Terroristen zugeordnet wurde. Von den anderen Passagieren war dagegen angeblich nichts übrig geblieben.

Diese unglaublichen Informationen wollte er seinem Kollegen Frank Robson vom Miami Herald natürlich nicht vorenthalten.

„Danke für die Info, Mark. Das ist ja wirklich noch unglaublicher als das, was sich hier in Florida abgespielt hat. Das FBI hat eine Wohnung in Vero Beach durchsucht, die von den angeblichen Terroristen Adnan Bukhari und seinem Bruder Ameer angemietet sein sollte. Dort fand man dann unter anderem ein Handbuch für Gefahrgüter. Eine Kopie der Liste mit den beschlagnahmten Gegenständen ließ das FBI freundlicherweise auf dem Küchentisch zurück."

„Die legen doch tatsächlich Spuren wie eine Elefantenherde, nur um die Öffentlichkeit von ihren Lügen zu überzeugen."

„Ja, aber es kommt noch besser. Einen Tag später, also gestern, wurde Adnan Bukhari hier verhaftet. Wie sich herausstellte, ist er tatsächlich ein Pilot aus Saudi Arabien. Zu dumm, dass er lebt und nicht irgendwo reingeflogen sein kann. Dann stellte sich noch heraus, dass sein Bruder Ameer bereits vor einem Jahr bei einem Absturz ums Leben kam. Und es wird noch peinlicher. Während des Verhörs meldete sich ein saudischer Pilot mit Namen Abdul Rahman al-Omari bei Bukhari und wollte wissen, warum er in der Presse als Terrorpilot bezeichnet wird, wo er doch in Saudi Arabien und am Leben sei."

„Das ist doch derjenige, der mit Mohamed Atta die American 11 in den Nordturm geflogen haben soll. Warten Sie mal … ja hier hab ich es … auf der neuesten Passagierliste hatte er den Platz 8G."

„Was ja dann wohl nicht sein konnte. Daher hat das FBI einen erneuten Namensabgleich gemacht und bekanntgegeben, dass es sich um eine Verwechslung gehandelt habe. Der richtige Name des Terroristen sei Abdul Aziz al-Omari."

„Klingt ja auch so ähnlich."

„Ja, nur dummerweise hat sich heute ein Ingenieur mit gleichem Namen und gleichem Geburtsdatum aus Saudi Arabien gemeldet und angegeben, dass ihm vor sechs Jahren bei einem Aufenthalt in Denver der Pass gestohlen wurde. Die örtliche Polizei hat das bestätigt."

„Damit können wir denen jetzt einmal richtig einheizen. Bis dann…"

***

Phillips begann umgehend damit, die Hintergründe der anderen Personen zu recherchieren, die von den Behörden als sogenannte Todespiloten propagiert wurden. Dabei stieß er auf weitere Ungereimtheiten. Waleed al-Shehri hatte zwar eine Flugausbildung in Daytona Beach absolviert, wurde aber danach Pilot einer saudischen Fluggesellschaft, für die er immer noch arbeitet und sich zurzeit in Marokko aufhält. Wie kann er dann auf Sitz 2A von Flug American 11 gesessen und die Maschine in den Nordturm gesteuert haben?

Ebenso Wail al-Shehri, auch ein saudischer Pilot und Sohn eines Diplomaten. Auch er ist am Leben und hatte sicher nicht auf Sitz 2B des gleichen Fluges gesessen.

CNN zeigte das Foto von Saeed al-Ghamdi, einem der angeblichen Terroristen von Flug United 93, der angeblich bei Shanksville abgestürzt war. Nur dieser Mann war nachweislich zu diesem Zeitpunkt in Tunesien.

Das FBI jonglierte mit Namen wie ein Zirkusartist mit bunten Bällen. In den zuerst veröffentlichten Passagierlisten stand kein einziger, dieser arabischen Namen. Dann waren es plötzlich achtzehn, dann neunzehn. Jedesmal gab es neue, offizielle Listen. Kommt einer der Namen aus irgendeinem Grund nicht mehr infrage, war es halt eine Verwechslung und er wurde einfach ausgetauscht.

***

Phillips war gerade mit dem nächsten Artikel beschäftigt, als sich am Nachmittag Ron Newman aus Boston meldete.

„Die Fahrt hat sich gelohnt. Ich habe jetzt herausgefunden, woher das FBI so schnell die Namen der Terroristen hatte."

„Da bin ich aber gespannt."

„Am Logan Airport sind am elften September zwei Koffer stehengeblieben, die eigentlich auf den Flug American 11 sollten. Diese Koffer gehörten zufällig einem gewissen Mohamed Atta."

„Was ist das denn jetzt schon wieder für ein Zufall? Blieben noch andere Gepäckstücke stehen?"

„Nein, nur diese beiden. Atta und ein gewisser Abdul al-Omari kamen kurz vorher mit einem Zubringerflug aus Portland. Angeblich wäre dieser Flug zu spät angekommen und die Zeit hätte dann nicht mehr für einen Gepäcktransfer gereicht."

„Dieser Abdul Rahman al-Omari hat sich gestern gemeldet und mitgeteilt, dass er kein Terrorist und alles andere als tot sei. Daraufhin hat das FBI schnell den Namen auf Abdul Aziz al-Omari geändert. Nur der hat sich dann auch gemeldet und ist nicht tot."

„Na toll, dann wird dich auch interessieren, dass man in einem der Koffer unter anderem den Pass von diesem Aziz al-Omari fand."

„Das passt. Der Pass wurde ihm vor sechs Jahren in Denver gestohlen. Das hat die Polizei bestätigt. Was war denn sonst noch in den Koffern?"

„Eine ganze Menge. Angefangen mit einem portablen kleinen Flugcomputer über Handbücher von Boeing 757 und Boeing 767, einem Flugrechner bis zu einem Koran und dem Testament dieses Mohamed Atta. Außerdem sollen noch Hinweise auf die Identitäten der anderen Attentäter und zu Al-Qaida, ein Klappmesser, Pfefferspray und der besagte Pass in den Koffern gewesen sein."

„Wie passend. Ich frage mich nur mit welchem Ausweisdokument dieser al-Omari geflogen sein soll. Wenn du fliegst, dann hast du doch deinen Ausweis zur Hand und nicht in einem aufgegebenen Gepäckstück."

„Genau. Ich habe mir dann einmal am Flughafen das Logbuch vom elften September angesehen. Der Flug aus Portland war eine Stunde vor dem planmäßigen Abflug der American Airlines in Boston. Da war genügend Zeit für einen Gepäcktransfer. Weißt du was ich glaube?"

„Die Koffer blieben absichtlich da, oder sie wurden sogar dort deponiert um dann als Beweis für die Existenz arabischer Terroristen gefunden zu werden."

„Richtig. Wenn ich vorhabe ein Flugzeug, in dem ich mich selbst befinde, in ein Gebäude zu fliegen und weiß, dass ich dabei draufgehe, packe ich doch nicht noch sorgfältig meinen Koffer einschließlich des Handbuchs, was ich eigentlich zum Fliegen im Cockpit brauche. Und was nutzt mich mein Testament in einem Koffer, der ja bei dem Anschlag mit Sicherheit vernichtet wird? Wer den Blödsinn glaubt, der glaubt auch, dass die erste Mondlandung echt war."

„Warum waren die eigentlich in Portland? Wenn ich doch solch einen minutiös geplanten Anschlag durchführen will, dann fliege ich doch nicht kurz vorher in der Gegend herum und verpasse womöglich noch den Flieger, den ich entführen will. Nein, ich glaube, dass ein paar dieser Araber hier ganz gezielt als Täter aufgebaut wurden. Für die restlichen Namen bediente man sich einfach einer Liste von arabischen Piloten, die einmal hier in den Staaten zur Fortbildung waren. Die Spur der falschen Beweise ist mittlerweile so breit wie der Mississippi."

„Genau. Ich versuche jetzt noch jemanden vom Tower zu sprechen. Vielleicht erfahre ich, was sich damals dort abgespielt hat. Dann komme ich zurück."

„Danke Ron, du kannst mir hier bei den Videoanalysen helfen. Da komme ich nicht weiter."

***

Phillips arbeitete die neuen Informationen noch in seinen Artikel ein und gab ihn in den Druck. Anschließend fuhr er nach Hause. In seinem Briefkasten fand er ein unbeschriftetes, braunes Kuvert. In diesem Kuvert war wieder ein, mit einem Computer geschriebener Zettel. Nur diesmal nicht von seinem Informanten.

Lassen Sie die Finger davon! Hat Ihnen die letzte Warnung nicht gereicht?

Angst und Zufriedenheit hielten sich die Waage. Zufriedenheit, weil dies eine Bestätigung dafür war, dass er sich auf der richtigen Fährte befand und Angst, da er sich ausrechnen konnte, beim nächsten direkten Aufeinandertreffen mit seinen Gegnern nicht mehr so glimpflich dabei wegzukommen.

9

Die Anrufe

Phillips saß in einer dieser zahllosen Pressekonferenzen, die von den Behörden und Ermittlern seit Tagen abgehalten wurden. Das, was den Medienvertretern dort mitgeteilt wurde, war nicht unbedingt neu. Beherrschendes Thema war, wie sollte es auch anders sein, die Verbindung der Attentäter zu Osama bin Laden und Al-Qaida. Als Phillips endlich an die Reihe kam, stellte er die Frage, deren Beantwortung er mehr als gespannt entgegensah. Welche Beweise gibt es, dass es arabische Terroristen waren, die diese Flugzeuge entführt hatten?

„Mr. Phillips, ich habe Ihre ketzerischen Artikel gelesen und wenn es nach mir ginge, würde ich Sie wegen Verleumdung verhaften lassen. Sie trampeln damit auf den Gefühlen der Opfer und deren Angehörigen herum."

„Ich versuche nur Widersprüche in der Argumentation der Regierung und der Ermittler anzusprechen und zu hinterfragen. Wenn es in einem angeblich so freien Land schon als Verleumdung gilt, wenn man unangenehme Wahrheiten schreibt, dann verhaften Sie mich doch. Aber vielleicht könnten Sie vorher noch meine Frage beantworten."

Der leitende Ermittler des FBI bekam eine ungesunde Gesichtsfarbe.

„Beschwören Sie es nicht herauf. Auf den Passagierlisten aller vier Flüge tauchen die Namen der Verdächtigen Personen auf."

„Warum sind sie verdächtig? Weil sie einen arabischen Namen haben? Außerdem war auf den am elften September veröffentlichten Passagierlisten kein einziger arabisch klingender Name."

„Diese Listen waren nicht autorisiert. Die offiziellen Listen haben wir einen Tag später veröffentlicht."

„Diese Listen sind keine offiziellen Listen aus den Checkin Systemen der Airlines. Die können also durchaus nachbehandelt sein. Das ist kein Beweis. Also noch einmal, welche Beweise haben Sie?"

„Na gut, wir wollten diese Information eigentlich mit Rücksicht auf die Angehörigen später herausgeben. Es gab Telefonate aus den Flugzeugen. Eine Stewardess von Flug American 11 hat über acht Minuten mit American Airlines Operations gesprochen. Dabei gab sie uns die Sitznummern 2A und 2B. Dort saßen die Terroristen Waleed al-Shehri und Wail al-Shehri. Ist das Beweis genug?"

„Nein, keineswegs. Bisher wurde uns doch immer erzählt, dass ein gewisser Mohamed Atta die Maschine geflogen hätte und der saß, zumindest auf Ihrer Liste, auf Platz 8D. Aber das ist nicht Ihr einziger Fauxpas. Wie Sie aus unserem heutigen Artikel, den Sie offenbar noch nicht gelesen haben, entnehmen können, sind die beiden Herrn aus Sitz 2A und 2B noch am Leben."

Ein Raunen ging durch den Raum und dem FBI Ermittler standen Schweißperlen auf der Stirn. Er suchte sichtbar nach den passenden Worten.

„Das war wohl eine Namensverwechslung, aber das ist auch unerheblich. Es waren eindeutig diese Araber. Außerdem wurden Atta und Abdul al-Omari gefilmt, als sie durch die Sicherheitskontrolle gingen. Also waren sie auf dem Flieger. Damit Ihnen aber endgültig der Wind aus den Segeln genommen wird, Mr. Phillips, es gab noch Anrufe aus den anderen Maschinen. Davon alleine über dreißig Telefonate aus United 93. Details dazu werden wir noch veröffentlichen. Außerdem hatten wir in Boston bereits am zwölften September Beweise sichergestellt, die eindeutig zu den von uns genannten Verdächtigen führen. Aus ermittlungstechnischen Gründen wurden Details noch nicht veröffentlicht."

„Nur zur Information: Abdul al-Omari lebt auch

noch, aber das war ja wahrscheinlich auch nur so eine Verwechslung, oder? Und was Ihre Fundstücke in Boston angeht, meinen Sie wahrscheinlich die beiden Koffer, die angeblich stehen blieben, weil der Flug aus Portland, mit Atta und al-Omari an Bord, zu spät eingetroffen sein soll."

„Woher wissen Sie…?"

„Ich weiß es eben."

„Dann kennen Sie ja die unwiderlegbaren Beweise. Was brauchen Sie noch, um Ihre grotesken Behauptungen zu widerlegen?"

„Das sind keine wasserdichten Beweise, denn diese Koffer waren nicht zu spät gekommen. Es war noch ausreichend Zeit für den Transfer. Und…"

„Mehr gibt es dazu im Moment nicht zu sagen", würgte Tom Waterman ihn ab.

Die Pressekonferenz war damit beendet und Phillips fuhr zurück in die Redaktion. Leichte Zweifel überkamen ihn, obwohl er diesen Waterman ganz schön in die Bredouille gebracht hatte. Wenn es so viele Anrufe mit Hinweisen zu den Attentätern gab, dann lag er vielleicht doch falsch und die Behörden hatten recht. Die falschen Namen waren dann tatsächlich nur noch dumme Verwechslungen durch schlampige Ermittlungen. Das konnte und wollte er nicht glauben. Er rief Eileen Turner an.

„Ich war gerade auf einer Pressekonferenz des FBI. Dieser Tom Waterman hat mir mit einer Verleumdungsklage gedroht und behauptet jetzt, dass es Anrufe aus den angeblich entführten Maschinen gab, die beweisen sollen, dass es arabischen Terroristen waren. Kannst du bitte versuchen Details darüber zu bekommen? Vielleich auch ein Mitschnitt eines Gesprächs. Das wäre super."

„Gut, mach ich, aber verspreche dir nicht zu viel davon."

„Danke, du bist ein Schatz!"

***

Zurück an seinem Schreibtisch fand Phillips eine E-Mail ihres Korrespondenten aus Tel Aviv. Darin teilte der Kollege mit, dass die Bilder der jubelnden Palästinenser im Zusammenhang mit den Anschlägen wohl eine gezielte Falschmeldung waren. Diese Aufnahmen waren schon vor dem elften September entstanden und wurden gestellt. Wenn man das gesamte Filmmaterial von Reuters und Associated Press sichtet, sei ein Mann zu sehen, der die Kinder mit Süßigkeiten zum Jubeln animierte. Davon seien aber nur wenige Minuten über die Sender gegangen. Die junge Frau mit Kopftuch, die in den Filmausschnitten zu sehen war, meldete sich später und sagte aus, dass man ihr Kuchen versprochen hätte, wenn sie vor den Kameras jubeln würde.

Phillips wollte nicht glauben, dass renommierte Presseagenturen sich auch noch vor diesen Karren spannen ließen. Wie weit würden diese Verflechtungen reichen? Oder hatte man das Material wegen der Brisanz einfach ungefiltert weitergegeben? Wie dem auch sei, in seinem nächsten Artikel würde er die Bedeutung, oder besser Nichtbedeutung dieser Bilder aufklären.

Kurz darauf meldete sich Paul Ryman.

„Ich bin gerade wieder in Weehawken und habe mit der örtlichen Polizei gesprochen. Die fünf Männer, gegen die eine Frau am elften September Anzeige erstattet hatte, wurden von einer bewaffneten Einheit in einem Lieferwagen gestoppt und verhaftet. In dem Wagen wurden angeblich Waffen und Sprengstoff gefunden, was aber nicht genau definiert wurde. Bei den fünf Männern handelt es sich um Israelis. Zwei davon sollen bei einer israelischen Umzugsfirma hier in New Jersey beschäftigt sein, die anderen sind angeblich Mitarbeiter des Mossad."

„Komisch, das ist jetzt schon das zweite Mal, dass wir auf Israelis und den Geheimdienst stoßen. Was hat das zu bedeuten? Ich kann mir noch keinen Reim darauf machen."

„Hast du schon ein Ergebnis vom Labor?"

„Nein, noch nicht. Ich mache mal etwas Druck. Hat man jetzt irgendetwas gefunden, was auf ein Flugzeug schließen lässt. Den Flugschreiber zum Beispiel?"

„Den komischerweise nicht, aber nachdem die Geschichte mit den unversehrten Pässen wohl zu suspekt war, teilte man mir heute auf Anfrage mit, dass man vier Flugzeugteile gefunden hätte."

„Und?"

„Das ist schon wieder so ein Unding. Ich schicke dir eine Skizze und dann kannst du dir selbst ein Bild machen. Ein Fahrwerk von American 11 fand man angeblich in der Joseph P. Ward Street, Ecke West. Das sind vier Blocks südlich des Nordturms und würde bedeuten, das Fahrwerk ist auf der anderen Seite des Turms wieder rausgekommen und noch vier Blocks weit geflogen. Genauso ist es mit den anderen Brocken. Von United 175 fand man ein Stück vom Rumpf auf dem Gebäude Nummer fünf. Das liegt auf der anderen Seite der Plaza. Ein Stück Alu fliegt also durch dreiundsechzig Meter Stahl und Beton und landet dann hundert Meter weiter auf einem Dach, während der Rest des Fliegers sich offenbar pulverisiert hat? Ein Fahrwerk von dieser Maschine fand man auf einem Grundstück drei Blocks weiter und ein Triebwerk an der Church Street, Ecke

Murrey. Das sind vier Blocks."

„Und diese Teile sind niemandem aufgefallen?"

„Das ist es ja, die lagen angeblich tagelang da herum und jetzt hat man sie plötzlich gefunden."

„Bleibst du noch da?"

„Ja, ich wollte noch ein, oder zwei Tage bleiben. Ich habe nämlich gesehen, dass einige Personen mit Schutzanzügen an der Einsturzstelle aufgetaucht sind. Würde mich interessieren warum und was die da machen."

„Danke Paul."

Nachdem er aufgelegt hatte, fing Phillips an, sich ausführlich mit den Passagierlisten zu beschäftigen. Da gab es zu viele Ungereimtheiten. Am auffälligsten war, was er ja schon gleich am Anfang gesehen hatte, dass auf den zuerst veröffentlichten Listen kein einziger arabischer Name stand. Die tauchten erst einen Tag später auf den, vom FBI veröffentlichten Listen auf. Auffällig auch, dass es für alle vier Flüge auf jeder Liste unterschiedliche Passagierzahlen gab. Alleine bei Flug American 11 schwankte die Passagierzahl zwischen sechsundsiebzig und einundachtzig. Er begann sich mit den einzelnen Passagieren zu beschäftigen, recherchierte im Internet und telefonierte. Dabei fiel ihm auf, dass vier identische Namen sowohl auf der vom FBI veröffentlichten Passagierliste von American 11 als auch auf der von United 175 standen. Auf den später veröffentlichten Listen finden sich diese Namen nur noch auf einer Maschine wieder. Nach fast drei Stunden intensiver Bemühungen hatte er einen ersten Überblick und stutzte.

Was hatte sein Informant gesagt? Der Name Raytheon wird ihnen noch öfter begegnen. Zuerst bei den Raketen und nun hatte er fünf Namen von Passagieren, die alle bei Raytheon beschäftigt waren und zwar alle in führenden Positionen. Drei waren auf Flug American 11 und je einer auf American 77 und United 175. Zufall? Wenn fünf leitende Mitarbeiter eines der größten amerikanischen Rüstungskonzerne auf drei, der vier angeblich entführten Maschinen auftauchen, kann man da noch von Zufall sprechen? Eher nicht. Es wurde immer verworrener.

Auffallend auch, dass viele der Passagiere für Behörden, die Regierung, irgendwelche Dienste oder indirekt für diese Instanzen arbeiteten.

***

Am späten Nachmittag rief Eileen Turner ihn zu sich.

„Setz dich, es dauert einen Moment. Es gab offiziell Anrufe aus allen Maschinen. Von United 175 gab es zwei Anrufe, beide von der gleichen Person mit einem privaten Handy. Von American 77 gab es acht

Anrufe von drei Personen. Zwei mit dem Handy und einer von einem Bordtelefon. Von United 93 gab es siebenunddreißig Anrufe von dreizehn Personen. Alle mit dem Handy. Von American 11 gab es nur zwei Anrufe von Flugbegleiterinnen. Einer davon ist sehr interessant, denn er dauerte siebenundzwanzig Minuten und wurde aufgezeichnet."

„Mit wem hat sie gesprochen?"

„Mit dem Reservierungscenter und American Operations. Ich spiele die Aufzeichnung einmal ab. Achte bitte genau auf den Wortlaut."

Während die Aufzeichnung lief, wurde Phillips Miene nach den ersten Wortwechseln immer skeptischer. Er hatte das Gefühl, dort würden sich zwei Menschen unterhalten, die sich aber nicht hören können. Die Antworten der Stewardess entsprachen nicht den Fragen, die der Mitarbeiter von American Airlines stellte.

„Stopp mal. Was ist das denn? Sie meldet sich und sagt, sie wäre die Nummer drei hinten. Das geht ja noch, aber dann fragt er nach der Flugnummer und sie sagt zwölf. Sie weiß nicht auf welchem Flug sie gerade ist?"

„Das ist vielleicht die Nervosität."

„Die Flugnummer ist doch bei der Crew eingebrannt. Die verwechseln sie doch nicht einfach. Und dann hier – sie wird nach Ihrem Sitz gefragt und sie antwortet einfach: Ja. Dann wird sie noch zweimal gefragt und sie antwortet, dass sie gerade Boston verlassen hätten und in der Luft sind. Erst nach weiteren zwei Fragen antwortet sie richtig: Ich bin auf dem Jumpseat 3R. Also das überzeugt mich überhaupt nicht. Im Gegenteil."

„Dann ist noch ein Anruf von American 77 interessant."

„Inwiefern?"

„Der kam von Barbara Olson. Sie rief ihren Mann an."

„Ist das diese Kommentatorin von CNN? Die Frau von Generalstaatsanwalt Ted Olson?"

„Genau die. Sie soll, nach Aussage ihres Mannes, ihn zweimal mit dem Handy angerufen haben. Sie hätte ihm berichtet, dass die Maschine entführt wurde und die Entführer mit Teppichmessern bewaffnet seien. Vor drei Tagen hat er aber im Fernsehen erklärt, dass sie ihn im Justizministerium erreicht hätte und es ein R-Gespräch gewesen wäre, da sie ihre Kreditkarte nicht finden konnte. Am gleichen Tag hat er in der Larry King Show wieder die Handyvariante herausgeholt. Vorgestern hat er das aber widerrufen und bleibt jetzt bei der Geschichte mit dem R-Gespräch von einem Air-Phone."

„Das ist doch auch so ein faules Ei", schimpfte Phillips. „Was haben wir noch?"

„Interessant sind noch ein paar Anrufe von United 93. Ein Passagier führte ein Gespräch von dreizehn Minuten Länge, aber nicht mit seiner Frau, sondern mit einer Angestellten des Telefonanbieters. Seltsam, oder?"

„Vielleicht hatte er keine Frau."

„Eben doch. Das ist ja das seltsame. Er spricht fast eine viertel Stunde mit einer Telefonistin, die seiner Frau beibringen soll, dass die Maschine, in der er sitzt entführt wurde. Zum Schluss sagte er, dass sie etwas unternehmen würden und *let's roll*."

„Was soll das denn heißen?"

„Du hast wohl nie Football gespielt, oder?"

Ron Newman war unbemerkt ins Büro gekommen und hatte den letzten Satz noch gehört.

„Das heißt so viel wie *auf geht's*. Hallo ihr zwei."

„Hallo Ron. Komm rein. Wir analysieren gerade einige Anrufe, die angeblich aus den Maschinen geführt wurden."

„Später, ich muss noch etwas überprüfen, was mir der Schichtleiter vom Tower in Boston erzählt hat."

„Dann bis nachher."

„Einen seltsamen Anruf hab ich noch", nahm Eileen Turner den Faden wieder auf. „Ein Mann rief seine Mutter an und meldete sich mit den Worten:

"Hallo Mutter, hier ist John Terman, dein Sohn... du erkennst mich doch, oder? Drei Männer haben das Flugzeug entführt und sie sagen sie haben eine Bombe..."

Und so weiter..."

„Wer redet denn so mit seiner Mutter?"

„Also wenn ich meine Mutter anrufe, muss ich mich doch nicht vorstellen und fragen, ob sie mich als ihre Tochter erkennt, oder?"

„Ganz sicher nicht. Klasse Arbeit Eileen, danke."

***

Als Phillips zurück ins Redaktionsbüro kam, lungerte dort Ron, die Füße auf dem Schreibtisch und ein breites Grinsen im Gesicht.

„So wie du aussiehst hast du des Rätsels Lösung gefunden."

Newman nahm die Füße vom Tisch und nuckelte an seinem Kaffeebecher.

„Nicht ganz, aber ich habe ein weiteres Puzzlesteinchen."

„Dann lass mal hören. Ich bin gespannt."

„Ich sagte dir doch, dass ich versuchen wollte, mit einem Controller des Towers zu sprechen. Ich hatte Glück und bekam den Schichtleiter zu fassen, der am elften September Dienst hatte. Außer dem, was wir schon wussten, erzählte er mir etwas sehr interessantes. Nachdem bei der ersten Maschine das Transpondersignal verschwunden war, rief der Mann die FAA an. Die wiederum wollten NEADS informieren, wie es in der Kommandostruktur vorgesehen war. Als die zweite Maschine vom Radar verschwand, informierte er wieder umgehend die FAA. Viel später erst starteten drei Abfangjäger von Langley aus, aber in die falsche Richtung. Sie flogen aufs offene Meer. Ich habe da mal ein bisschen nachgehakt. An diesem Tag gab es einige Merkwürdigkeiten in der militärischen Luftüberwachung. Zum Beispiel gab es zu der Zeit der vier Entführungen nur vier einsatzfähige Abfangjäger an der Ostküste auf den Stützpunkten Langley und Otis."

„Und wo waren die anderen Maschinen?"

„Das ist ja das mysteriöse. Wie ich es dir vor ein paar Tagen schon angedeutet hatte, genau an diesem Tag fanden militärische Übungen statt. Dafür wurden die ganzen Maschinen von der Ostküste nach Kanada und Alaska verlegt. Also schön weit weg. Die erste hieß *Vigilant Guardian,* dabei wurden multiple Flugzeugentführungen im Norden der USA simuliert. Die zweite hieß *Northern Vigilance,* dabei sollten Abfangjäger in Kanada Phantome auf dem

Radar verfolgen. Dadurch kam es dann zu Verwirrungen, weil man auf dem Primärradar die Phantome nicht von realen Fliegern unterscheiden konnte."

„Also eine perfekte Inszenierung. Nach dem die Transponder abgeschaltet waren, glaubten die Kontroller die angeblich entführten Maschinen zu sehen. Dabei sahen sie aber nur die eingespielten Phantome, die auf New York zusteuerten."

„Genau. Und es kommt noch besser. Letztes Jahr im Oktober wurde eine Übung namens *Mascal* durchgeführt, die den Absturz einer Boeing 757 ins Pentagon beinhaltete."

„Wie passend."

„Noch etwas. Am zwölften September sollte eine dritte Übung mit Namen *Tripod II* stattfinden. Sie sollte einen Chemiewaffenangriff auf New York simulieren und direkt aus der Kommandozentrale des Bürgermeisters im Solomon Brothers Building gesteuert werden."

„Dann ist die Wahrscheinlichkeit groß, dass der ganze Mist tatsächlich von dort aus gesteuert wurde. Nur nicht als Übung. Und deshalb ist das Gebäude dann Stunden später auch zusammengebrochen um alle Beweise zu vernichten."

„Könnte sein. Anfang Juni gab es schon einmal eine Übung, die den Absturz einer Boeing 757 auf das

Capitol simulierte. Ziemlich viele Simulationen mit Realitätsbezug für meinen Geschmack."

„Danke Ron. Ich arbeite das noch in den Artikel für die nächste Ausgabe ein. Morgen gehen wir dann die Videoaufzeichnungen durch. Da gibt es aus meiner Sicht jede Menge Ungereimtheiten, aber du kennst dich damit besser aus."

***

Phillips hatte den Artikel abgegeben und wollte gerade Feierabend machen, als plötzlich Eileen Turner bei ihm auftauchte.

„Eileen, was machst du denn noch hier?"

„Mir hat etwas keine Ruhe gelassen. Wir waren uns doch einig, dass einige Anrufe aus den Maschinen vom Wortlaut her unglaubwürdig klangen. Da habe ich mir überlegt, wer eigentlich dazu in der Lage wäre Gespräche zu fälschen und sie als echt zu lancieren. Ich habe dann angefangen in diese Richtung zu recherchieren und habe etwas Erstaunliches gefunden. Neunzig Prozent aller inneramerikanischen Telefongespräche werden von einer einzigen Gesellschaft abgerechnet, von *AMDOCS*. Diese Firma ist in israelischem Besitz und der Hauptserver steht in Israel."

„Schon wieder Israel."

„Geht noch weiter. Die Software für Telefonüberwachung, bei der NSA zum Beispiel, wurde von einer Firma *Comverse Infosys* geliefert und installiert. Diese Firma ist ein Tochterunternehmen von *Comverse Technology* und die wiederum sitzen wo?"

„Lass mich raten, in Israel."

„Richtig. Dieser Firma wird auch eine Verbindung zur *Unit 8200* unterstellt."

„Was ist das denn?"

„Da wurde ich im Archiv fündig. Das ist eine Einheit der israelischen Streitkräfte für Fernmeldeaufklärung und Dekodierung und untersteht dem Israelischen Militärgeheimdienst *AMAN*."

Phillips musste das Gehörte erst einmal sacken lassen. Was zum Teufel hatten israelische Geheimdienste mit der Sache zu tun?

„Danke Eileen. Das war super."

10

Ground Zero

Als Phillips am nächsten Morgen in die Redaktion kam, hatte Ron Newman bereits einen Videorecorder und ein Fernsehgerät besorgt und betrachtete intensiv die Ereignisse des elften September Sequenz für Sequenz. Er hatte schon eine ganze Reihe von Timecodes und entsprechende Bemerkungen dazu notiert.

„'Morgen Ron."

„Ein Kaffee wäre nett."

„Kommt sofort."

Diese Kurzform einer Konversation war Phillips von Ron gewohnt, insbesondere, wenn er intensiv mit etwas beschäftigt war. Also besorgte er zwei Becher Kaffee und stellte einen davon Ron vor die Nase.

„Danke. Gib mir noch 'ne halbe Stunde, dann bekommst du was."

„Ok."

Bis es soweit war, beschäftigte er sich mit seinen Notizen, die sich auf seinem Schreibtisch häuften. Dabei fiel ihm ein Begriff auf, den er mehrmals notiert und unterstrichen hatte. *Ground Zero*. Dieser Begriff tauchte gleich am ersten Tag in den Nachrichtensendungen auf. Anfänglich in den Untertiteln noch klein geschrieben, wechselte ein paar Stunden später die Schreibweise auf die dann danach gebräuchliche Großschreibung. Warum wurde das Areal des World Trade Centers schon kurz nach den Anschlägen *ground zero* genannt? Und warum später dann *Ground Zero*? Was bedeutete dieser Begriff und wer setzte ihn zuerst ein? Wenn Ron irgendwann fertig sein sollte, würde er die Aufzeichnungen gezielt danach absuchen.

Sein Telefon klingelte.

„Phillips. Ach Sie sind's. Haben Sie schon etwas für uns? Was? Moment ich notiere…"

Ron gab ihm ein Zeichen.

„…das ist sicher? In allen Proben? Vielen Dank."

„Wenn du Zeit hast komm mal rüber. Ich hätte da etwas für dich."

„Sekunde, ich muss das nur noch notieren."

Er setzte sich neben Ron.

„So, was hast du gefunden?"

„Grob gesagt, ist alles ein großer Beschiss. Ich habe mir zuerst die Videos angesehen, auf denen man die Flugzeuge sieht, wie sie in die Türme rauschen. Die sind zu hundert Prozent gefälscht oder nachbehandelt. Hier Nummer eins. Dieses Video zeigt aus westlicher Richtung den Anflug von United 175 auf den Südturm. Es stammt von *Chopper 5* für Fox News. Ich lasse es einmal in Normalgeschwindigkeit ablaufen. Siehst du die Totale? Während alle anderen Helikopter um das World Trade Center kreisen, ist dieser hier noch meilenweit entfernt. Ich schätze, der ist gerade in New Jersey aufgestiegen. Jetzt zoomt er näher heran und noch näher und noch näher. Ist dir etwas aufgefallen?"

„Nein, eigentlich nicht", meinte Phillips nach kurzer Überlegung, „sollte es?"

„Ich gehe noch einmal ein Stück zurück. So, hier hast du die Totale. In etwa vier bis fünf Sekunden knallt der Flieger in den Turm. Da müsste man ihn hier schon sehen, oder?"

„Stimmt, aber da ist nichts."

„Genau. Sehen wir weiter. Er zoomt ran, bis die beiden Türme im Zentrum sind. Dadurch sieht man das Wackeln des Helikopters sehr deutlich. Jetzt richtet der Pilot den Hubschrauber aus, bis sich die linke Kante des Südturms über die rechte Kante des Nordturms schiebt. Und plötzlich…peng. Hast du das gesehen?"

„Sicher, aber das war doch eindeutig ein Flugzeug. Wo kam das so schnell her?"

„Das ist die Frage. Vier Sekunden vorher in der

Totalen, auf der wir ungefähr acht Kilometer weit sehen können, gibt es kein Flugzeug und dann ist es plötzlich da und knallt in den Turm. Ein Passagierflugzeug hätte in dieser Zeit nicht einmal die Hälfte der Distanz geschafft."

„Aber es war doch da", beharrte Phillips.

„Du hast eins gesehen, wie alle Fernsehzuschauer. Das bedeutet aber nicht, dass es auch tatsächlich vorhanden war."

„Das verstehe ich nicht. Es waren doch Live-Bilder. Da kann man doch nicht manipulieren."

„Das wirst du gleich sehen. Ich gehe wieder zurück, bis der Flieger kommt und lasse es jetzt langsam ablaufen. Sieh genau hin. Kurz bevor der Flieger kommt, versetzt der Helikopter. Vielleicht durch eine Windböe. Dadurch sieht man nun einen Zwischenraum zwischen den Türmen. Da kommt der Flieger und nun…hast du es gesehen?"

„Es gab eine Explosion und dann war das Bild schwarz. Das ist mir damals schon aufgefallen."

Newman ließ das Band nochmals in Zeitlupe ablaufen.

„Achte genau auf die linke Kante des rechten Turms im Moment des Einschlags."

„…da kam wieder etwas heraus."

„Genau und deshalb gab es auch den Blackout.

Man sollte das nicht sehen. Das war so nicht geplant. Was da rauskam, war die Nase des Flugzeugs, und zwar unversehrt."

„Das kann ja nicht sein. Die Türme bestanden ja aus einem massiven Stahlgerüst. Aber ich verstehe immer noch nicht, wie man Live-Bilder derart manipulieren kann"

„Wenn du das richtige Equipment hast, geht das relativ einfach. Um es dir verständlich zu erklären. Du splittest das Videobild in zwei Ebenen. Eine feste und eine transparente. Dann gestaltest du eine dritte Ebene in der du das Flugzeug einfügst. Fügst du die dritte Ebene zwischen die beiden anderen, fliegt das Flugzeug an den Türmen vorbei. Dann änderst du noch die Helligkeit und Transparenz und der Flieger fliegt in den Turm und kommt auf der anderen Seite wieder heraus. Um das zu verhindern, musste die Helikopterkamera die linke Kante des Turms, also die Bezugskante, über den anderen Turm schieben. Hätte der Hubschrauber nicht versetzt, hätte man das nicht gesehen. Ich extrahiere die austretende Nase später heraus, dann kannst du es genau sehen."

„Unglaublich! Und die Explosion?"

„Die war echt und sie musste exakt mit den Bildsequenzen gesteuert werden und sie muss auch von innen gezündet worden sein, sonst wären nicht tonnenschwere Stahlträger aus der Einschlagstelle über fünfzig Meter nach außen geschleudert worden. Und wenn du dir spätere Aufnahmen von der Austrittstelle ansiehst, da ist nirgendwo ein Loch, wo ein Flugzeugrumpf durchgepasst hätte. Noch etwas. Dort, wo die Maschine einschlägt, entsteht sofort eine Rauchwolke. Man sieht aber keine Wirbelschleppen."

„Wie meinst du das?"

„Jedes Flugzeug verursacht hinter seinen Triebwerken Luftverwirbelungen. Die können, je nach Größe der Maschine, sehr heftig sein und sie sind noch spürbar, wenn der Flieger schon weiter weg ist. In diesem Fall hätte der Rauch trotz des Einschlags noch deutliche, kreisförmige Verwirbelungen zeigen müssen. Hier war aber nichts."

„Eine fast perfekte Inszenierung."

„Aber eben nur fast. Hier sind noch zwei Beispiele. Angebliche Amateuraufnahmen, die erst zwei Tage später ausgestrahlt wurden. Bei dem ersten Video sieht man den Flieger von links ankommen. Im Vordergrund steht ein Baukran und obwohl der Flieger ja viel weiter hinten ist, fliegt er am Anfang noch vor dem Kran, dann dahinter und kurz vor dem Einschlag wieder davor. Das passiert, wenn man so etwas mit der heißen Nadel strickt. Dann taucht die Maschine ganz in den Turm ein, was auch nicht möglich ist. Normalerweise hätten große Trümmerstücke, wie Tragflächen, Leitwerk und Turbinen vor dem Gebäude herunterfallen müssen. Da ist aber nichts zu sehen. So ein Flugzeug ist wie eine Cola Dose, schießt du sie mit einer Kanone gegen eine Wand, hat die Wand einen Kratzer und die Dose ist platt und fällt runter. Beim zweiten Video, was CNN gesendet hatte, sieht man es noch deutlicher. Eine andere Perspektive. Du siehst von Süden auf den Südturm. Das Flugzeug kommt. Jetzt achte genau auf die linke Tragfläche und das hohe Gebäude im Hintergrund links. Das Gebäude steht auf der anderen Seite der Straße, westlich der Türme und trotzdem verschwindet die Tragfläche hinter diesem Gebäude bevor die Maschine komplett in den Turm eintaucht, ohne ein einziges Trümmerteil zu hinterlassen. Das ist doch Beweis genug, oder?"

„Mit Sicherheit. Danke Ron."

„Ich hatte mit meinem Bekannten gesprochen, der von der Airforce. Er sagt auch, wenn ein Flugzeug in solch einen Turm kracht, ist zwar die Fassade kaputt, aber nicht der ganze Turm. Von dem Flugzeug wären nur kleine Bruchstücke innen gelandet, der große Rest wäre vor dem Gebäude heruntergefallen. Zu dem Anschlag auf das Pentagon sagte er, dass solch ein Flugmanöver höchstens eine Hand voll Piloten weltweit hätte durchführen können und nicht ein paar arabische Hobbypiloten. Er hat auch bestätigt, was dein Informant sagte. Hätte die Maschine die Beleuchtungsmasten abrasiert, wäre sie vorher abgeschmiert. Ich sehe mir jetzt einmal die Videos der Einstürze an. Das kann ja nun so auch nicht gewesen sein."

„Ich habe auch noch etwas Interessantes. Gerade hat das Labor angerufen, das Pauls Staubproben aus New York untersucht hat. Die Proben wiesen eine extrem hohe Radioaktivität auf, die leicht abnahm, je weiter die Fundstelle der Proben vom World Trade Center entfernt war. Weitere Untersuchungen stehen noch aus, denn man hat Partikel entdeckt, die noch nicht identifiziert werden konnten."

„Scheiße, wo kommt das denn her? Weiß Paul Bescheid?"

„Ich rufe ihn gleich an."

***

Nachdem Phillips mit Paul Ryman gesprochen hatte, besorgte er sich ein zweites Videogerät und ging auf die Suche nach dem Auftauchen des Begriffs von *Ground Zero*.

Kurz nach dem Einsturz des zweiten Turms tauchte der Begriff bei den Fernsehübertragungen auf. Zuerst in Interviews mit Beamten des Zivilschutzes und anderer Behörden, dann auch bei den Reportagen. In allen Untertiteln oder schriftlichen Einblendungen in Kleinschreibung. Das blieb noch so bis zum dreizehnten September, dann tauchte vereinzelt der Begriff in Großschreibung auf bis diese neue Schreibweise sich vereinheitlichte. Warum? Was hatte das zu bedeuten? Er suchte sich die Mitteilungen der einzelnen Presseagenturen für diesen Zeitraum heraus. Auch da das gleiche Bild. Wer hat beschlossen auf einmal die Schreibweise zu ändern? Was bedeutete der Begriff überhaupt?

***

Als er von der Radioaktivität in den Staubproben erfahren hatte, kaufte sich Paul Ryman ein kleines, portables Strahlenmessgerät. Damit fing er an die Strahlenbelastung zu messen. Er fing zwei Blocks von der WTC Plaza entfernt an und arbeitete sich zum Zentrum vor. Dabei notierte er genau die angezeigten Werte. Bereits am Anfang waren sie überproportional hoch und direkt an der Einsturzstelle der Türme lagen die Werte um ein fünfhundertfaches über dem zulässigen Tageshöchstwert. Woher kommt diese immens hohe Strahlenbelastung und warum arbeiten die Leute hier ohne Schutzanzüge? Wissen die überhaupt um die Gefahr, der sie täglich ausgesetzt sind? Das war dann wohl auch der Grund, warum er die

Tage hier ein paar Figuren in Schutzanzügen gesehen hatte. Es gab also einen Personenkreis, der von der radioaktiven Verseuchung des Areals wusste. Und die Helfer, die Arbeiter, die Feuerwehr, die alle ließ man eiskalt im Unklaren, in welcher Gefahr sie sich täglich befanden. Das war doch eine bodenlose Schweinerei.

Er musste unbedingt herausfinden, was es damit auf sich hatte.

***

Phillips zog sein neues Wörterbuch aus dem Regal und wurde fündig. Unter dem Begriff *ground zero* in Kleinschreibung stand dort:

Die Stelle, an der eine Atombombe explodiert und der größte Schaden entsteht

„Hier, sieh mal Ron, was ich gefunden habe."

„Das hätte ich die auch sagen können", grinste Newman, „das ist in der Militärsprache ein gängiger Begriff für den Punkt unmittelbar unter der Explosion einer Atombombe."

„Na bravo, da lässt du mich hier suchen."

„Du hast mich nicht gefragt, aber zusammen mit der Strahlungsbelastung ist das ein mehr als deutlicher Hinweis."

„Ein Hinweis auf was? Dass eine Atombombe dort gezündet wurde?"

„Keine Atombombe, aber möglicherweise eine kleinere thermonukleare Sprengung. Diese Werte müssen ja eine Ursache haben. Wenn ich mir die Einsturzvideos so ansehe, halte ich das sogar für sehr wahrscheinlich."

„Ich glaube ja auch, dass da etwas nicht stimmt und dass falsche Beweise vorgelegt werden, aber so etwas? Das kann ich mir nicht vorstellen. Das wäre dann doch zu viel."

„Wir werden sehen. Ich habe jedenfalls schon einige Punkte gefunden, die auf kontrollierte Sprengungen hindeuten. Sieh dir's an, wenn ich fertig bin und bilde dir dann deine Meinung."

***

Gegen Mittag rief Paul Ryman an.

„Ich habe mir gleich so einen kleinen Geigerzähler gekauft. Über zweihundert Dollar hat das Ding gekostet, aber du hast ja ein Budget. Ich habe dann zwei Blocks von der Plaza entfernt angefangen zu messen. Je näher du der Einsturzstelle kommst, umso höher ist die Belastung. An der Plaza selbst ist die Belastung um mehr als ein fünfhundertfaches höher als zulässig und die Leute arbeiten da ohne jeden Schutz. Was hat das zu bedeuten?"

„Wir wissen es noch nicht, aber Ron glaubt, dass dort eine thermonukleare Sprengung stattgefunden hat. Besser du kommst jetzt zurück und lässt dich gründlich untersuchen."

„Wenn Ron etwas davon versteht, hast du ihm die Fotos von den Kratern gezeigt?"

„Nein, werde ich aber gleich machen. Er wertet gerade die Videos aus. Also komm zurück."

„Ok, aber ich habe noch etwas für dich. Ich habe mich hier weiter umgehört und dabei erfahren, dass eine Firma, die eine Niederlassung zwei Blocks vom WTC entfernt hat, ihre Mitarbeiter etwa zwei Stunden vor den Anschlägen warnte."

„Noch jemand, der vorher von den Anschlägen wusste. Was ist das für eine Firma?"

„Ein kleines Softwareunternehmen, spezialisiert auf Messenger Dienste wie SMS und jetzt kommt's, mit Sitz in Herzliya in Israel. Von dort aus kamen auch die Warnungen."

„Ich glaub's nicht. Also wusste irgendwer in Israel tatsächlich genau Bescheid."

„Noch etwas. Ich konnte heute Vormittag noch mit einem Captain der Feuerwehr sprechen. Sein Name ist Ian McGready. Er ist stinksauer und hat mir ein paar sehr interessante Dinge erzählt. Er war mit seinem Zug bei den ersten, die am WTC eintrafen.

Zwei Gruppen, darunter auch seine, sind im Nordturm mit dem Aufzug nach oben bis kurz unterhalb der Einschlagstelle und von dort aus ins Treppenhaus. Es kamen ihnen verletzte Personen entgegen, die alle von einer gewaltigen Explosion sprachen. McGready brachte mit seinen Leuten die Verletzten nach unten, während die Kollegen versuchten weiter nach oben zu gelangen. Über Funk hörte er, dass das Treppenhaus fast unpassierbar gewesen sei. Es hätte ausgesehen, als wäre es gesprengt worden. Als sie die Verletzten zu den Rettungswagen gebracht hatten, habe es zwei Explosionen gegeben. Bei der ersten hätte der Boden gebebt wie bei einem Erdbeben. Die zweite war dann oben im Südturm. Ein Flugzeug hat auch er nicht gesehen. Zwei Trupps sind mit einem Kollegen von ihm nach oben gefahren und haben später über Funk Verstärkung für die Bergung der Verletzten angefordert. Die kleinen Restbrände hatten sie unter Kontrolle. Die waren also in der vermeintlichen Einschlagszone und die kann ja dann wohl nicht so heiß gewesen sein, dass der Stahl wegschmilzt. McGready selbst war im Foyer des Südturms und half, die Verletzten rauszubringen. Er hatte sich noch gewundert, warum das Foyer so verwüstet war, obwohl die Explosion doch so weit oben stattfand. Eine Mitarbeiterin der Rezeption sagte ihm, dass dies bei der ersten Explosion passiert wäre. Sie hätte das Gefühl gehabt, der Boden würde sich heben und sie wurde gegen die Wand geschleudert."

„Das kann ja dann nicht von diesem imaginären Flugzeugeinschlag kommen."

„Nein, ich habe den Namen von dem Mädchen. Ich werde versuchen mit ihr zu sprechen, bevor ich zurückfahre. McGready berichtete dann, dass es etwa fünfundvierzig oder fünfzig Minuten nach dem Einschlag im Südturm zu mehreren, teils heftigen Explosionen auf dem Gelände kam. Die ersten davon unterirdisch, wie bei einem Erdbeben, dann oben im Turm, der danach in einer Staubwolke plötzlich in sich zusammenfiel. Etliche seiner Kollegen waren zu diesem Zeitpunkt noch im Gebäude. Kurz bevor der andere Turm einstürzte, hätte es wieder Explosionen gegeben. Bei einer wäre eine riesige Rauchwolke aus der Erde gekommen. Das soll am Gebäude sechs gewesen sein. Das würde auch den Krater erklären. Sie hätten bis zur totalen Erschöpfung gearbeitet. Als er dann am Nachmittag mit seinem Zug die kleinen Restfeuer im Gebäude sieben löschen wollte, wurden sie von CIA Agenten weggeschickt. Wegen Einsturzgefahr hieß es."

„Seit wann können CIA Agenten das besser beurteilen als ein erfahrener Feuerwehrmann?"

„Genau das hat ihn auch verwundert, zumal aus seiner Sicht das Gebäude niemals gefährdet war. Er hat dann noch gesehen, wie zwei weitere Agenten aus dem Haus kamen, in einen Van stiegen und verschwanden. Ein paar Minuten später stürzte die Kiste tatsächlich ein. McGready schwört Stein und Bein, dass es eine kontrollierte Sprengung war."

„Super Paul. Wenn du das Mädchen gesprochen hast, kommst du aber gleich zurück, versprochen?"

„Ok, versprochen."

Phillips rief umgehend Eileen Turner an.

„Ich weiß, es gehört nicht in dein Resort, aber könntest du dich bitte erkundigen, ob eine Erdbebenwarte seismologische Aktivitäten am elften September aufgezeichnet hat?"

„Aber nur weil du es bist. Hast du eine Vermutung?"

„Ich habe gerade mit Paul telefoniert. Er hat mit einem Captain der New Yorker Feuerwehr gesprochen und der hat von mehreren heftigen Explosionen berichtet, bevor die Türme eingestürzt sind. Vielleicht konnten die Wellen aufgezeichnet werden."

„Ich melde mich."

„Gehst du mit etwas trinken, Ron?", fragte Phillips. Er hatte einfach das Gefühl raus zu müssen.

„Geh nur. Ich bin auf der Zielgeraden. Muss nur

noch etwas überprüfen. Wenn du wieder zurück bist, bekommst du Ergebnisse."

Als er auf die Straße trat, sprach ihn sofort ein Mann an. Es war der Gleiche, der ihn schon einmal vor dem Redaktionsgebäude abgepasst hatte.

„Sie können es wohl nicht lassen, Mr. Phillips. Sie gefährden die innere Sicherheit."

„Wieso gefährde ich die innere Sicherheit, wenn ich Wahrheiten ans Licht bringe?"

„Ihre Wahrheiten, nicht unsere, und nur die zählen. Noch solch einen Artikel und ich garantiere für nichts mehr. Habe ich mich klar ausgedrückt?"

Dann war der Mann in der Menge verschwunden und Phillips hatte auf einmal ein mulmiges Gefühl im Magen. Die letzte Drohung war schon am Rand dessen, was man aushalten kann und was kam jetzt? Er wollte es sich nicht vorstellen.

In einer Bar bestellte er sich ein Bier. Nachdenklich drehte er die Flasche in den Händen, dann straffte er sich, trank aus, zahlte und ging zurück in die Redaktion. Er würde nicht klein beigeben.

Zuerst meldete er den Vorfall seinem Chefredakteur, der umgehend Personenschutz beantragen wollte. Anschließend ging er zurück zu seinem Schreibtisch, wo Ron mit einem breiten Grinsen bereits auf ihn wartete.

„Bist du aufnahmefähig? Dann komm rüber und pass auf. Ich habe mir die Videos, auf denen die Einstürze aller drei Gebäude zu sehen sind, ganz genau angesehen und analysiert. Was ich mit Sicherheit sagen kann ist, dass keines dieser Gebäude durch die Einwirkung eines Flugzeugeinschlags und der daraus resultierenden Brände eingestürzt ist. Die offizielle Darstellung der Behörden, die ich mir telefonisch besorgt habe ist, dass die lange anhaltenden Feuer das Stahlskelett zum Schmelzen brachte, welches dann die Betondecken nicht mehr halten konnte und so eine Etage auf die nächste und auf die nächste und auf die nächste und so weiter fiel und so die Türme im Pfannkuchen Prinzip zusammenstürzten. Das ist, gelinde gesagt, Bullshit."

„Und was macht dich da so sicher?"

„Mehrere Dinge. Erstens, wenn dort ein Flieger reingeflogen sein sollte, jetzt nur rein hypothetisch, dann wäre das meiste Kerosin vor der Fassade verbrannt. Das was im Gebäude verbrannt wäre, hätte niemals eine so hohe Temperatur erreicht um solche Stahlträger zu schmelzen. Ich habe meinen Freund gefragt, du weißt, den Piloten. Er sagt Kerosin verbrennt bei sechshundert bis maximal achthundert Grad und das auch nur, wenn genug Sauerstoff zugeführt wird. Im Raum hätte die Temperatur bei etwa

sechs- bis siebenhundert Grad gelegen und das nur sehr kurz. Auf den Videos ist der Rauch nach ein paar Minuten schon dunkel, das heißt, kein Sauerstoff, das Feuer geht aus.
Stahl schmilzt erst bei 1250 Grad bis 1600 Grad Celsius. Selbst um den Stahl eventuell weich werden zu lassen, waren die Brände zu kurz. Außerdem waren alle Stahlträger mit einem feuerfesten Material ummantelt."

„Woher weißt du das nun schon wieder?"

„Aus dem Internet", grinste Ron, „da gibt es seitenlange Berichte über den Bau der Türme. Aber machen wir weiter. Was einem normalen Einsturz auch widerspricht, ist die Fallgeschwindigkeit. Beide Türme sind in handgestoppten neun bis zehn Sekunden zusammengefallen und das kann unter normalen Bedingungen nicht sein."

„Wie meinst du das?"

„Noch nie etwas vom *lex tertia* von Isaak Newton gehört?"

„Jetzt gib nicht so an. Woher hast du das?"

„Na gut, ich wollte auch einmal mit Wissen glänzen", gab Ron sich geschlagen, „ich habe heute mit einem Physiker gesprochen. Er sagte mir, wenn die Türme regulär eingestürzt seien, wie es behauptet wird, dann hätten sie nicht in dieser Geschwindigkeit einstürzen können. Das würde dem dritten Gesetz von Newton, dem *lex tertia*, widersprechen und damit der physikalischen Lehre des Wechselwirkungsprinzips. Er hat berechnet, dass jeder Turm etwa sechsundneunzig Sekunden gebraucht hätte, um ganz einzustürzen. Wir sehen aber, dass sie in neun bis zehn Sekunden zusammengefallen sind und das, so hat er gesagt, entspräche dem freien Fall."

„Das bedeutet, die Türme hatten beim Einsturz schon keinen Widerstand mehr, aber wo war das massive Kerngerüst, wo war der ganze Beton? Das kann sich doch nicht alles pulverisiert haben."

„Tja, das weiß ich auch noch nicht so recht. Aber hier ist noch etwas. Als der erste Turm einstürzte, neigten sich die obersten Stockwerke im Block um etwa zwanzig bis fünfundzwanzig Grad zur Seite. Normalerweise hätte der ganze Block abkippen müssen, doch er bleibt plötzlich stehen und fällt dann mit dem Rest untendrunter in sich zusammen. Das kann so auch nicht sein. Ich habe mal meine Fühler ausgestreckt, aber da warte ich noch auf Antworten. Die sollten aber heute noch kommen. Dann wissen wir wahrscheinlich mehr. Eins ist jedoch sicher, die Dinger wurden gesprengt. Alle drei. Ich weiß nur noch nicht wie."

„Wenn sich das als richtig erweisen sollte, hätte

mein Informant recht gehabt als er sagte, dass dies das größte Verbrechen der Geschichte sei."

Phillips ging hinüber zum Faxgerät und überflog die Nachricht, die gerade aufgelaufen war.

„Es ist vom Labor. Sie haben die Partikel identifizieren können, die noch in den Staubproben waren. Es handelt sich um Verbindungen von Aluminium und Eisenoxyd. Diese Partikel sind im Nanobereich, so dass sie von der Verwendung einer größeren Menge des sogenannten Nanothermit ausgehen. Was ist das denn?"

„Scheiße, das macht Sinn. Thermit ist ein Gemisch aus Metallgranulaten, was zum Beispiel zum Schweißen verwendet wird. Es kann Temperaturen von zweitausend Grad Celsius erreichen und wird deshalb auch von Abbruchunternehmen zur Sprengung von Stahl verwendet. Nanothermit ist 'ne komplizierte Sache. Das kann bis über dreitausend Grad heiß werden, aber da kommt man so kaum ran. Das Pentagon hat, glaube ich, ein Patent auf eine spezielle Herstellung. Ich habe mal in Afghanistan gesehen, wie eine Spezialeinheit von uns eine Stahlbrücke damit gesprengt hat. Das Zeug ging durch den Stahl, wie ein heißes Messer durch die Butter."

„Wann war das denn?"

„Vor etwa acht oder neun Jahren."

„Ich dachte, die Taliban führen dort Krieg…"

„…und Al-Qaida. Und die wurden von der CIA damals unterstützt, um gegen die Sowjets zu kämpfen. Bis man sie nicht mehr brauchte und links liegen ließ. Unsere Jungs waren inoffiziell da. Ich habe damals Dinge gesehen, die willst du gar nicht wissen."

„Könnte dieses Zeug, Nanothermit, die Türme zum Einsturz gebracht haben?"

„Zum Einsturz schon, wenn die tragenden Teile weggesprengt werden, aber pulverisiert im freien Fall? Das glaube ich nicht."

„Wir brauchen sofort einen Spezialisten."

„Mein Kumpel kennt jemanden bei der Army. Ich rufe ihn mal an."

„Ich besorge uns dann in der Zwischenzeit einen Kaffee."

Als Phillips vor dem Automaten stand, läutete sein Mobiltelefon.

„Mr. Phillips?", meldete sich die mittlerweile bekannte, heißere Stimme des Informanten.

„Ja."

„Sie sind sehr nahe dran. Sie haben mich nicht enttäuscht. Jetzt wird es Zeit für den finalen Schlag. Sind Sie trotz der neuerlichen Warnung bereit?"

„Woher wissen Sie das nun schon wieder?"

„Sagen wir es so, ich habe ein Auge auf Sie. Sind

Sie bereit?"

„Ja, ich gebe doch jetzt nicht auf."

„Sehr gut. Unten liegt eine Mitteilung für Sie. Gehen Sie gleich hinunter."

Das Gespräch war beendet. Phillips ließ die Kaffeebecher stehen und fuhr hinunter zur Rezeption. Er riss den Umschlag auf und fand den üblichen Zettel.

Morgen 11:00 Uhr National Building Museum. In der Halle stehen links und rechts vier große Säulen. Gehen Sie vom Brunnen aus nach links. Stellen Sie sich an die linke Säule und schauen auf den Brunnen. Vernichten Sie diese Nachricht umgehend.

Auf dem Weg zurück traf er Eileen Turner, die ihm mitteilte, dass sie mit jemandem vom Lamont Doherty Earth Observatorium sprechen konnte, der die Vermutung bestätigte. Es habe ungewöhnliche Ausschläge am elften September gegeben. Er wollte die Datenblätter des infrage kommenden Zeitraums noch faxen.

***

„Und wo ist der Kaffee?", fragte Ron, als Phillips sich an seinen Schreibtisch setzte.

„Mist, den hab ich ganz vergessen."

„Muss ich mir jetzt Gedanken um dich machen?"

„Nein, als ich am Automaten stand, bekam ich einen Anruf von meinem Informanten. Ich sollte sofort eine Nachricht an der Rezeption abholen. Da habe ich den Kaffee vergessen."

„Darf man fragen, was er gesagt hat?"

„Er will morgen Vormittag ein Treffen im National Building Museum. Er sagte, wir wären sehr nah dran und es wäre Zeit für den finalen Schlag."

„Hört sich sehr mysteriös an. Gehst du hin?"

„Na klar gehe ich hin. Übrigens, ich habe gerade Eileen getroffen. Sie hat mit jemandem von der Erdbebenwarte der Columbia University gesprochen. Es gab heftige seismische Aktivität. Die Datenblätter bekommt sie noch per Fax."

„Das passt. Wenn du fertig bist, setz dich."

„Was ist los?"

„Ich habe mit einem Sprengstoffexperten von der Army gesprochen. Das Pentagon entwickelt das Nanothermit tatsächlich weiter. Die Bilder von Paul, die diese sauber schräg abgetrennten Stahlträger zeigen, sind ein Beweis für eine entsprechende Sprengladung. Thermitladungen werden immer schräg angebracht, um die beiden Teile besser voneinander zu trennen. Der obere Teil rutscht quasi einfach weg und nimmt alles mit. Für einen tragenden Träger im WTC brauchte man maximal zwei bis drei Kilotonnen. Die

Ladung dafür passt in meine Hand."

„Die hätte man schnell und unauffällig platzieren können."

„So schnell nun auch wieder nicht. Der Experte meint, dass man für die beiden Türme und das Gebäude sieben mindestens eine Woche gebraucht haben müsste, um sie entsprechend zu präparieren. Außerdem hätte man die Ladungen ja nicht konventionell zünden können."

„Ich muss unbedingt Paul erreichen. Er wollte noch mit einer jungen Frau sprechen, die im Foyer des Nordturms gearbeitet hat. Vielleicht sind ihr solche Aktivitäten aufgefallen."

„Ok, ich treffe mich gleich mit jemandem von der Baubehörde. Der Typ von der Army hat mir so einen Tipp gegeben und das will ich erst nachprüfen. Falls das stimmen sollte, haben wir wahrscheinlich des Rätsels Lösung."

***

Phillips erreichte Paul Ryman auf dessen Handy.

„Hast du schon mit dem Mädchen gesprochen?"

„Ich sitze gerade bei ihr, warum?"

„Könntest du sie bitte fragen, ob es ein bis zwei Wochen vor den Anschlägen irgendwelche außergewöhnliche Aktivitäten gab?"

„Darüber haben wir gerade gesprochen. Sie sagt,

dass es im Frühjahr schon Evakuierungsübungen gab, falls ein Flugzeug in einen der Türme fliegen sollte. Seit Anfang September wären dann Wartungsarbeiten an den Sicherungssystemen durchgeführt worden. So zumindest wurde es ihr vom Sicherheitschef kommuniziert. Immer am Abend seien Männer in orangefarbenen Overalls mit Kabeltrommeln und schweren Kisten gekommen. Sie hätten gewartet, bis alle Büros leer waren, dann erst wären sie reingegangen. Am Morgen waren sie dann wieder weg, nur manche Mieter hätten sich über den Bohrstaub in ihren Büros beschwert. Sie hatte sich auch gewundert, dass in dieser Zeit die Alarmanlagen und Überwachungskameras ausgeschaltet wurden. Außerdem wurden die Sprengstoffspürhunde abgezogen. Von einer Kollegin hat sie dann gehört, dass am zehnten September abends ein paar Leute in Anzügen ins Gebäude sieben gegangen wären. Sie hätten Metallkisten und Koffer dabeigehabt."

Phillips konnte seine Erregung kaum verbergen.

„Super Paul. Das ist genau das, was wir noch brauchten. Kauf der Lady einen Strauß Blumen und komm zurück."

***

Zwei Stunden später kam Ron Newman zurück und grinste wie ein Honigkuchenpferd.

„Wie ich sehe, warst du erfolgreich. Lass hören."
„Du zuerst."
Phillips berichtete Ron, was er gerade von Paul erfahren hatte.
„Diese Abläufe passen doch haargenau zum dem, was wir vermutet haben."
„Und jetzt du."
„Wie du weißt habe ich mich mit jemandem von der Baubehörde getroffen. Nach dem Tipp, den mir der Sprengstoffexperte der Army gegeben hatte, fragte ich ihn, ob es denkbar sei, einen Wolkenkratzer mit einer thermonuklearen Ladung zu sprengen. Völlig ungerührt meinte er, ja, diese Überlegungen gäbe es schon über dreißig Jahre. Als die Twin Towers in New York und der Sears Tower in Chicago geplant wurden, verbanden die beiden zuständigen Baubehörden die Genehmigung mit einem plausiblen Verfahren zum Abriss der beiden höchsten Gebäude der Welt. Da die geplante Bauweise damals neu war, wusste niemand, wie man im Notfall die Gebäude wieder abreißen kann. Die Bauzulassung wurde erteilt, als die Experten sich auf eine *Zero Box* unter den Gebäuden geeinigt hatten. Und diese Box ist nichts anderes als ein kleinerer thermonuklearer Sprengsatz, der dem Vernehmen nach nicht mehr als maximal einhundertfünfzig Kilotonnen gehabt haben darf,

gemäß Vertrag über unterirdische Kernexplosionen zu friedlichen Zwecken."

„So einen Vertrag gibt es wirklich? Kernexplosion zu friedlichen Zwecken?"

„Ja, den gibt es tatsächlich. Den haben wir mit den Russen 1976 geschlossen. Da waren die Türme zwar schon lange fertig, aber angeblich hätte man sich schon bei der Planung auf diesen Maximalwert geeinigt."

Phillips war fassungslos.

„Und wie muss ich mir das jetzt vorstellen? Du bist doch der Militärexperte."

„Ich habe mich natürlich erkundigt. Die Boxen wurden fünfzig Meter unter den Fundamenten installiert. Wenn die Dinger jetzt elektronisch gezündet wurden, wird das umgebende Gestein flüssig. Es schmilzt, verdampft und es entsteht ein Hohlraum von etwa einhundert Meter Durchmesser. Der sollte bis unter das Fundament reichen und es schwächen. Die Explosionswelle zieht rauf in den Turm. Wenn dann noch die Tragenden Stützen durch die Nanothermit Sprengungen geschwächt sind, ist das so, als wenn dir einer den Boden unter den Füßen wegzieht. Das Gebäude geht in den freien Fall und alles, was innerhalb der Bruchzone liegt, wird pulverisiert. Dazu gab es ja in den oberen Bereichen diverse kleiner

Explosionen, wie man in den Videos sieht. Die waren immer direkt unterhalb der Einsturzkante und haben dann dafür gesorgt, dass es keinerlei Widerstand mehr gab. Das alles zusammen erklärt die Fallgeschwindigkeit, den pulverisierten Stahl und das geschmolzene Gestein in den Kratern. Und gesteuert wurde das Ganze garantiert aus dem Notfallbunker des Bürgermeisters im Gebäude sieben. Deswegen musste das auch weg."

Einen Moment lang herrschte betretenes Schweigen. Dann gab sich Phillips einen Ruck.

„Wenn ich das dem Chef erzähle, schmeißt er mich raus oder er bringt mich um, oder beides."

„Sehe ich auch so, aber es ist nun mal so wie es ist. Das sind Fakten."

„Danke für dein Mitgefühl. Hab ich dir schon gesagt, dass du genial bist?"

In diesem Moment tauchte Eileen Turner auf und brachte die seismologischen Aufzeichnungen. Ron gab ihr einen kurzen Überblick dessen, was sie herausgefunden hatten. Danach musste sich sie erst einmal setzen um das Gehörte zu verdauen.

Mark und Ron hatten sich inzwischen über die Messblätter gebeugt.

„Wann ist der erste Turm eingestürzt?"
„Um 09:59 Uhr."

„Um diese Zeit haben wir einen starken Ausschlag von 2,3 und kurz darauf einen kleinen von 0,9. Was stimmt da nicht?"

„Hab ich vergessen. Der Professor von der Erdbebenwarte hat mir gesagt, dass die erste Welle wie eine Schockwelle war, während der schwächere Ausschlag danach etwa zehn Sekunden dauerte."

„Dann passt es ja, der Einsturz ist dann nur der zweite, schwächere Ausschlag. Ein paar Sekunden vorher gab es dann wohl die thermonukleare Explosion. Bei dem zweiten Turm haben wir ein ähnliches Bild."

„Ich würde sagen, das ist wasserdicht. Ich gehe einmal damit zum Chef. Mal sehen, was er meint."

***

„Scheiße! Die Bullen haben den Personenschutz für Sie abgelehnt", wurde Phillips von Robert Wilson empfangen, „und das Verfahren wegen des Übergriffs auf Sie wurde wegen Belanglosigkeit eingestellt."

„War doch klar, Chef. Eine Krähe kratzt der anderen kein Auge aus und wenn die meinen Namen hören, sehen die mittlerweile rot. Aber ich bin wegen etwas anderem hier."

„Schießen Sie los."

„Wir sind jetzt sicher zu wissen, wie alles passiert

ist, aber nicht warum. Zumindest wissen wir, was mit dem World Trade Center, am Pentagon und in Shanksville passiert ist."

Und er berichtete ausführlich, was sein Team und er bisher herausgefunden hatten.

„...und was ist mit den Flugzeugen geschehen? Und mit den Passagieren?"

„Ob wir das jemals erfahren, weiß ich nicht. Morgen treffe ich mich mit meinem Informanten. Er will mir abschließende Informationen liefern."

„Gut, wir machen folgendes..."

11

Das Attentat

Phillips schrieb gerade an dem Artikel für die morgige Ausgabe, als Ron Newman plötzlich wieder erschien.

„Hast du kein Zuhause?"

„Und du? Während du hier rumhockst, habe ich den Beweis dafür gefunden, dass die Anrufe aus den Fliegern so nicht stattgefunden haben können."

Phillips beugte sich über den Schreibtisch.

„Nun erzähl schon."

Ich habe mit meinem Kumpel gesprochen. Den von der Airforce. Er kennt einen Mechaniker von American Airlines und der hat ihm gesagt, dass Ende Januar diesen Jahres alle Bordtelefone in den Boeing 757 deaktiviert wurden. Wie also sollte Barbara Olson ihren Mann über ein Bordtelefon angerufen haben, wenn es keins gab? Und noch eine Lüge von Olson. Er sagte doch, dass sie ein R-Gespräch angemeldet hätte, da sie ihre Kreditkarte nicht finden konnte. Diese Bordtelefone konnten nur aktiviert werden, wenn man seine Kreditkarte durchzog. Wie geht das, wenn man keine hat?"

„Damit ist der Herr Anwalt mit seiner Aussage aber ganz schön angeschmiert."

„Was die ganzen Handyanrufe betrifft, funktioniert das überhaupt nicht."

„Wieso?"

„Ich habe mit einem Spezialisten gesprochen. Er hat klar gesagt, dass Handygespräche aus Flugzeugen in einer Höhe über fünftausend Fuß nicht möglich sind und darunter nur bedingt. Das liegt zum einen daran, dass ein Flugzeug wie ein faradayscher Käfig wirkt. Ein Handy funkt mit maximal nullkomafünf Watt und da im Flugzeug kein Verstärker und keine Antenne für Handywellen existieren, können sie nicht nach außen zu einem Satelliten oder Funkmast dringen. Außerdem sind die Funkmasten nach unten gerichtet, um die Signale von der Erde aufzufangen wo wir ja normalerweise telefonieren. Die Funkzelle jeder Antenne hat einen Radius von etwa drei Kilometer. Dann übernimmt die nächste Zelle und so weiter. Wenn man also in einem Flugzeug sitz, was über achthundert Stundenkilometer schnell fliegt, müsste das Gespräch alle paar Sekunden quasi übergeben werden. Das ist nicht möglich. So kommt kein Gespräch zustande, schon gar kein Dauergespräch wie angeblich bei United 93. Dazu kommt, dass gerade diese Maschine über Pennsylvania flog, wo es mehr Funklöcher als Antennenmasten gibt."

„Wie das?"

„Das ist das Land der Amish People. Die leben noch im Mittelalter und lehnen jede Art von moderner Technik ab. Die haben keine Autos, kein Telefon, keine Computer und auf ihrem Land auch keine Funkmasten. Also können die Gespräche nicht stattgefunden haben. Die wurden alle gefälscht..."

„...um noch eine Spur an falschen Beweisen zu legen, denn wenn man es richtig nimmt, sind ja die Anrufe die einzige richtige Spur zu arabischen Terroristen. Super Ron. Das bringe ich noch mit rein. Mal gespannt, was Waterman dazu sagt."

***

Phillips betrat das langgezogene rote Gebäude. Die Halle wirkte wie ein Relikt aus längst vergangener Zeit, mit den riesigen gelben Säulen, dem roten Mosaikboden und den Säulenarkaden. In der Mitte plätscherte ein Springbrunnen. Links des Brunnens befand sich ein Informationsstand

Er ging daran vorbei und stellte sich, wie es der Informant wollte, mit dem Rücken an die linke Säule. Als er sich aus reiner Gewohnheit eine Zigarette anstecken wollte, winkte ein Mitarbeiter am Infostand energisch ab. Also steckte er die Schachtel wieder ein und wartete.

„Guten Tag Mr. Phillips."

Obwohl die Halle fast leer war, hatte er den Mann wieder nicht kommen gehört.

„Sie haben Verstärkung mitgebracht?"

„Verstärkung? Wie meinen Sie das?"

„Ihr Kollege, der Fotograf steht draußen."

„Was? Davon weiß ich nichts."

„Das glaube ich Ihnen gerne. Sie bekommen nichts von dem mit, was um Sie herum geschieht."

Der Mann lachte heißer.

„Heute wird es wohl unser letztes Treffen sein."

„Warum? Sind Ihnen die Informationen ausgegangen?"

„Ihr Sarkasmus ist hier nicht angebracht."

„Entschuldigung, war nicht so gemeint."

Phillips verspürte den Drang einfach um die Säule herumzugehen und dem Mann ins Gesicht zu sehen. Er musste sich beherrschen, sonst würde er den Rest wohl nie erfahren.

„Entschuldigung angenommen. Die Anderen sind uns beiden auf der Spur. Sie hatten ja schon einmal das Vergnügen. Wenn sie mich enttarnen, bin ich tot. Sie sollten auch besser aufpassen."

„Nach der letzten Drohung hat mein Chef Personenschutz beantragt. Er wurde abgelehnt."

„Die Polizei wird sicher nicht gegen sich selbst oder das FBI vorgehen. Kommen wir zur Sache. Wir haben wenig Zeit und Sie müssen die Hintergründe erfahren. Sagt Ihnen PNAC etwas?"

„Wir hatten vor drei Jahren etwas darüber geschrieben. Das ist wohl eine prominent besetzte Denkfabrik mit Sitz hier in Washington DC."

„Soweit richtig. Nur bei den damals veröffentlichten Strategiepapieren konnte man denken, es handle sich um eine neue Gruppe neokonservativer Spinner. Letztes Jahr wurde wieder ein Papier mit dem Titel *Projekt für ein neues amerikanisches Jahrhundert* veröffentlicht. In diesem Papier werden nicht nur neokonservative Thesen aufgestellt wie, Verteidigung des amerikanischen Heimatlandes, mehrere Kriege gleichzeitig führen und gewinnen, die Rolle der USA als weltweite Schutzpolizei, auch gegen den Willen anderer und eine Revolution der Kriegsführung, sondern es wird auch vorgeschlagen, wie diese Thesen durchzusetzen sind. Unter anderem steht dort:

Der Prozess der Transformierung wird wahrscheinlich ein sehr langwieriger Prozess sein, außer es gäbe einen katastrophalen, katalysierenden Vorfall – wie etwa ein neues Pearl Habor.

Das, was einer Transformierung des Staates im Wege stehen konnte, war die Bevölkerung. Mit diesem katalysierenden Vorfall am elften September konnte man ein solidarisches *wir sind Amerika Gefühl* erzielen. Die Bush Administration hat jetzt grünes Licht für mehr Geld für Rüstung, mehr Waffen und den Krieg in Afghanistan und im Irak. Zu den Unterzeichnern dieses Papiers gehören Vizepräsident Cheney, Verteidigungsminister Rumsfeld, sein Stellvertreter Wolfowitz, der stellvertretende Außenminister Armitage, Präsidentenberater Perle, Cheneys Stabschef Libby und Jeb Bush, der Bruder des Präsidenten und Gouverneur von Florida."

„Das ist ja fast die ganze Regierung. Da wird mir so einiges klar."

„Sehr gut, aber es gibt noch andere Gründe für das neue Pearl Habor. Am zehnten September gab Rumsfeld eine Pressekonferenz in der er zugeben musste, dass 2,3 Billionen Dollar aus dem Budget des Pentagon verschollen sind."

„Wir hatten darüber berichtet, aber wie können 2,3 Billionen Dollar einfach verschwinden?"

„Genau das ist die Frage und nun raten Sie, in welchem Teil des Gebäudes die Buchhaltung des Pentagons untergebracht war."

„Genau dort, wo angeblich der Flieger reingeflogen ist? Das gibt es doch nicht."

„Doch, und die Buchhaltung wurde nach der Renovierung und den Umbaumaßnahmen als erstes dort eingerichtet. Geld weg, Unterlagen weg und Zeugen weg. Aber es gibt noch mehr Profiteure. Im Gebäude Nummer sechs des World Trade Centers befanden sich die Büroräume der US-Zollbehörde. Dort lagerten Akten über zwielichtige Waffengeschäfte von George Bush Senior. Wären die ans Licht gekommen, hätte die jetzige Regierung keine Handhabe mehr gegen Saddam Hussein gehabt. Im Gebäude sieben waren Büros der CIA, des Verteidigungsministeriums und der New Yorker Börsenaufsicht. Dort lagerten unzählige Akten über sogenannte kontrollierte Heroindeals mit Rebellengruppen, wie Al-Qaida und die Ermittlungsakten über die Milliardenbetrügereien bei World Com und Enron. Bei Enron waren große Teile der Regierung und über die Hälfte der Kongressmitglieder beider Parteien involviert. Ebenso das FBI und die CIA, die Agenten an Enron ausgeliehen hatten und die dort als Wirtschaftsspione tätig waren. Zudem war George Bush Senior an Enron beteiligt. Jetzt haben Sie den ganzen Hintergrund der Inszenierung."

„Das ist unvorstellbar, dass so etwas bei uns passieren konnte."

„Leben Sie wohl Mr. Phillips. Ich…"

Phillips hörte die letzten Worte nicht mehr. Er wurde abgelenkt. Abgelenkt von einem kleinen roten Punkt, der über den Boden auf ihn zuwanderte. Als er realisierte, was dies bedeutete, war es bereits zu spät. Er versuchte noch sich abzudrehen, als er auch schon den stechenden Schmerz verspürte. Er wurde zurück an die Säule geschleudert, rutschte an ihr herunter und hinterließ eine blutige Schleifspur. Den Knall hörte er nicht mehr. Die beiden Mitarbeiter am Infostand schrien auf und duckten sich hinter den Tresen. Die wenigen Besucher rannten kopflos in Richtung Ausgang.

Ron Newman hatte ein komisches Gefühl bei dieser Sache und war seinem Freund heimlich gefolgt, um ihm notfalls beistehen zu können. Nun wartete neben der Eingangstüre, als er das Geräusch vernahm. Aus seiner Zeit als Kriegsfotograf wusste er sehr gut, wie sich ein Schuss anhört. Auch auf die Entfernung konnte er bestimmt sagen, dass dort in der Halle gerade ein Gewehrschuss gefallen war. Die Tür flog auf und vier Personen stürmten an ihm vorbei ins Freie.

Er fand Mark Phillips zusammengesunken vor einer Säule in einer Blutlache, die ständig größer wurde. Der Puls war noch sehr schwach zu spüren. Er rief einen Rettungswagen, danach die Polizei. Den Mann mittleren Alters in dem silbergrauen Anzug, der sich lautlos aus dem Schatten einer anderen Säule gelöst hatte und der eiligst dem Ausgang zustrebte, nahm er nicht war. Dann sah er zwei Köpfe hinter dem Tresen des Infostands auftauchen.

„Keine Angst, ich bin von der Washington Post. Haben sie gesehen, was hier passiert ist?"

Die junge Frau ergriff das Wort, während ihr Kollege noch in Deckung blieb.

„Der Mann da stand an der Säule und hat mit sich selbst geredet. Wir haben jedenfalls niemanden sonst dort gesehen. Dann, nach einer Weile hat es geknallt und er brach zusammen. Mehr weiß ich auch nicht."

„Wissen Sie, woher der Schuss kam?"

„Der kam von da oben."

Der Mann hatte sich mittlerweile auch erhoben und zeigte auf den Säulengang in der ersten Etage.

Die Sanitäter und der Notarzt erschienen.

„Wie sieht's aus, Doc?", fragte Newman, als man Phillips mit einer Trage hinausgebracht hatte.

„Nicht gut. Er hat viel Blut verloren. Es war wohl ein größeres Kaliber. Welche inneren Organe verletzt sind, kann ich noch nicht sagen. Er muss sofort unters Messer, wenn er noch eine Chance haben will."

„Danke, Doc."

Nachdem sein Freund abtransportiert war, stieg er die Treppe hinauf zur Galerie. Die Polizei war gerade erschienen und sprach mit den beiden Mitarbeitern des Infostands.

Sorgfältig untersuchte er jeden Zentimeter Boden und Brüstung in dem Bereich, aus dem der Schuss gekommen sein soll. Plötzlich sah er leichte Kratzspuren auf der Brüstung und eine Patronenhülse ein Stück weiter auf dem Boden. Der Schütze hatte es so eilig, dass er die Hülse einfach liegen ließ. Er hob sie auf und sah auf den Hülsenboden.

„Keine Kaliberangabe", stutze er, „scheiße, die ist vom Militär."

„Hey, Sie! Was machen Sie da oben?", hörte er einen der Polizisten rufen.

Er steckte die Hülse ein und sah hinunter.

„Hallo Officer, ich bin von der Presse und das war mein Kollege, der da vorhin abgeschossen wurde. Ich wollte mich nur mal umsehen."

„Kommen Sie runter. Sofort!"

„Haben Sie einen Ausweis?", fragte ihn der Polizist argwöhnisch, als er vor ihm stand.

Newman hielt ihm seinen Presseausweis unter die Nase.

„So, so, von der Washington Post sind Sie. Dann war das hier wohl hoffentlich dieser Schmierfink

Phillips, den es erwischt hat."

Newman kochte vor Wut. Am liebsten hätte er diesem Arschloch von Polizisten die Fresse poliert.

„Ja, es war Phillips. Der beste Journalist dieses Landes."

„Er hat Lügen verbreitet und unseren Staat in den Dreck gezogen."

„Er hat die Wahrheit geschrieben und dieser Staat hat sich mit dieser Tat selbst in den Dreck gezogen. Aber euch hat man wohl auch eine Gehirnwäsche verpasst, damit ihr alles glaubt, was euch von oben serviert wird."

„Vorsicht Freundchen, sonst buchte ich dich ein und vergesse den Schlüssel. Dann hat es sich ausgeschmiert."

Newman winkte ab und ging, bevor das alles noch eskalierte. Als nächstes musste er unbedingt Wilson informieren.

***

Nach der bewegenden Trauerfeier auf dem Holy Rood Friedhof bat Robert Wilson seine Mitarbeiter zu einer Sitzung in die Redaktion.

„Liebe Kollegen, sie haben zwar Mark Phillips zum Schweigen gebracht, aber nicht das freie Amerika, als dessen Vertreter wir hier sitzen. Wir lassen uns nicht zum Schweigen bringen. Das sind wir auch

Mark schuldig. Eileen, Ron und Paul, ihr wart mit Mark ein Team. Ich habe beschlossen eine Sonderausgabe herauszubringen und ihr drei werdet sie schreiben. Ron hat noch ein paar neue Informationen. Für Mark!"

„Für Mark!", wiederholten alle und einige konnten ihre Tränen nicht unterdrücken.

Am übernächsten Morgen erschien eine zwanzigseitige Sonderausgabe mit Farbfotos und dem Titel:

In Memoriam – Mark Phillips
Die Wahrheit über die Verbrechen des 11. September

Die Ausgabe war innerhalb einer Stunde landesweit ausverkauft und löste vielerorts einen Sturm der Entrüstung aus. Bei den Behörden und der Regierung, als auch bei der Bevölkerung, die plötzlich anfing lautstark unangenehme Fragen zu stellen. Aber ob das reichte, um die Verantwortlichen jemals zur Rechenschaft zu ziehen, blieb dahingestellt. Die Regierung, CIA und FBI blieben bei ihren Versionen, änderten sie kurzfristig ab, wenn es nicht mehr anders ging und verstrickten sich dadurch immer mehr in Widersprüche. Aber es blieb dabei, neunzehn arabische Terroristen, von denen die Hälfte nachweislich noch lebte und die absolut nichts mit Terror zu tun hatten, waren die Schuldigen. Osama bin Laden, dessen Al-Qaida Netzwerk einst von der CIA tatkräftig und finanziell unterstützt wurde, war plötzlich der Staatsfeind Nummer eins. Er wurde nicht mehr benötigt, fallengelassen und zum Staatsfeind Nummer eins erkoren.

Acht Monate später

Ron Newman kletterte aus der kleinen Maschine am Knox County Regionalflughafen in Owls Head, an der Küste von Maine. Einen Moment blieb er stehen und inhalierte die saubere, frische Luft. Er schlug den Kragen seiner Jacke hoch. Es war zwar schon Mai, aber die Temperaturen hier im Nordosten der USA noch relativ kühl. Dann warf er seine Reisetasche auf den Rücksitz des Mietwagens und fuhr nach Norden durch die weite Leere dieses Distrikts. Vor einem kleinen Haus am Waldrand stellte er den Wage ab, atmete tief durch und klopfte an die Tür.

„Hallo du Krücke. Wie geht's dir?"

Mark Phillips grinste ihn an und ließ seinen Freund eintreten.

„Es wird von Tag zu Tag besser. Ich kann mich wieder fast normal bewegen. Das haben die Weißkittel gut hinbekommen."

„Die hatten Angst vor Wilson. Als sie dich abtransportiert hatten, habe ich ihn sofort informiert. Das Erdbeben kannst du dir nicht vorstellen. Zufällig kannte er den Chefarzt des Krankenhauses, in das sie dich gebracht hatten. Er pokert gelegentlich mit ihm. Du wurdest nach der OP in ein spezielles Zimmer gebracht und von einem privaten Sicherheitsdienst rund um die Uhr bewacht. Wilson traute der Polizei nicht mehr über den Weg. Um dich aus der Schusslinie zu bringen, täuschte er deine Beerdigung vor, mit Trauerfeier und Nachruf. Außer ihm wussten nur Eileen, Paul und ich davon. Die letzten Informationen deines Informanten, die du mir im Krankenhaus gegeben hattest, wurden mit den ganzen Indizien und Beweisen, die wir zusammengetragen hatten, in einer Sonderausgabe veröffentlicht."

„Und mich hat man hier in diese Einöde verfrachtet. Warum eigentlich? Am Anfang hatte ich hier wenigstens noch eine nette Krankenschwester und ein Arzt kam gelegentlich vorbei. Jetzt sterbe ich hier vor Langeweile."

„Die Hütte hier gehört einem Bekannten von Wilson, der in Bangor lebt. Der verbringt hier nur seine Sommerferien. Die letzte Ausgabe von dir hatte so viel Staub aufgewirbelt und einige dieser Hunde fühlten sich auf den Schwanz getreten. Wilson wollte sichergehen, dass niemand dahinterkommt, dass du noch am Leben bist."

„Und hat unsere Arbeit etwas bewirkt?"

„Denke schon. Die Bevölkerung ist gespalten. Es werden unangenehme Fragen gestellt. Jedem Gutachten der Regierung folgen mehrere Gegengutachten namhafter Wissenschaftler, die alle unserer Beweisführung folgen. Die Behörden bleiben aber strikt bei ihren Märchen. Ach, und bevor ich es vergesse, du bist posthum für den diesjährigen Pulitzer Preis vorgeschlagen."

„Na toll. Heißt das, ich muss hier in der Versenkung bleiben?"

„Nein", lachte Newman, „ich bin hier um dich abzuholen. Unser Team bleibt bestehen. Die ersten Prozesse gegen angebliche Mittäter werden vorbereitet und Wilson möchte, dass wir am Ball bleiben. Morgen geht's zurück. Du hast doch hier hoffentlich eine Couch, auf der ich schlafen kann."

„Sicher. Weiß man jetzt eigentlich, wer auf mich geschossen hat?"

„Die Patronenhülse, die ich gefunden habe, war vom Kaliber 7,62 x 51 und stammt mit Sicherheit vom Militär. Da es ein Durchschuss war und die Kugel in die Säule einschlug, war sie stark deformiert. Wie die Ballistik sagt, wurde der Schuss aber höchstwahrscheinlich von einem M25 abgefeuert. Das ist ein Scharfschützengewehr, was unter anderem bei den Special Forces verwendet wird. Ein Auftragsmord von ganz oben befohlen. Einen Tag nachdem es dich erwischt hat, landete bei uns auf der Poststelle ein Brief an dich. Eine Kollegin rief Wilson an und der wollte wissen, was darin stand."

„Und was stand drin?"

„Das war der nächste…Tod für Amerika…Tod für Israel…Allah ist groß…"

„Das war alles?"

„Nein, schlimmer war, was sich noch in dem Brief befand. Es war Anthrax."

„Milzbranderreger?"

„Ja, zum Glück nur in einer leichteren Sporenform. Die Kollegin wurde mit Antibiotika behandelt und hatte nur einen Ausschlag auf der Hand. Aber es gab noch mehr Briefe mit der schlimmeren Variante. Die Texte waren immer ähnlich, aber das Zeug stammte aus Beständen der U.S. Army."

„Und was sagen die Behörden?"

„Dass Osama bin Laden und Saddam Hussein die Briefe verschickt hätten. Dummerweise hatten alle einen Poststempel aus New Jersey."

„Damit lenken sie vom elften September ab und machen noch mehr Druck, um endlich Krieg in Afghanistan und im Irak führen zu können."

„Richtig. Cheney hat auch gleich in einem Interview gesagt, Osama bin Laden und seine Mörderbande wären darauf trainiert, wie man diese Substanzen verteilt und anwendet. Die amerikanische Bevölkerung sollte daraus ihre Schlüsse ziehen. Aber ich frage dich, wo sollte Al-Qaida das Zeug denn zusammengemixt haben? In einer Höhle in Afghanistan oder Pakistan?"

„Ein Bier?"

„Dachte schon du fragst gar nicht mehr."

„Weißt du, was mich die ganze Zeit beschäftigt hat und auf was wir bislang keine Antwort gefunden haben?", fragte Phillips nach einer Weile.

„Nein, aber du wirst es mir bestimmt gleich sagen."

„Was ist aus den vier Flugzeugen geworden und aus den Passagieren?"

„Operation Northwoods?"

„Gleich viermal? Von der United 93 wissen wir, dass sie in Cleveland gelandet ist und die Passagiere ins NASA Center gebracht wurden. Von den anderen Maschinen wissen wir nur, dass sie nicht irgendwo reingeflogen sind, aber wo sind sie geblieben? Und wie kamen die Phantome auf die Radarschirme der FAA?"

„Das kann ich dir sagen. Es gibt ein Softwareunternehmen, das zur gesamten Software der FAA, des Verteidigungsministeriums und des North American Aerospace Defense Command Zugang hatte. Zu allen sicherheitsrelevanten Prozessen. Für die ist es ein leichtes gewesen, während der Übungen die Radarüberwachung zu manipulieren. Sie konnten Simulationen einspielen. Phantome, die den Anflug der angeblich entführten Maschinen auf New York und Washington simulierten und das Eingreifen des NORAD über die Manipulation von dessen Sicherheitssoftware verhindern."

„Wie kann das sein? Wie kommen die daran?"

„Ganz offiziell. Die haben Verträge mit dem Pentagon und der FAA über die Überwachung und Aktualisierung der Sicherheitssoftware. Der Gründer und Finanzier der Firma soll angeblich ein guter Bekannter unseres Vizepräsidenten sein."

„Dann wundert mich das nicht. Aber wo sind die Passagiere? Sitzen die jetzt alle an einem Strand in der Karibik und freuen sich mit ihrem Schweigegeld? Haben die alle ein neues Leben? Und was haben die Israelis damit zu tun?"

„Keine Ahnung. Das werden wir wohl nie erfahren, oder vielleicht irgendwann später einmal. "

Epilog

Zahlreiche Personen, die im Staub der Einsturzstellen gearbeitet hatten, oder die nach den Einstürzen zu sehr mit dem belasteten Staub in Berührung kamen, sind mittlerweile an Krebserkrankungen, die durch die permanente Strahlenbelastung und den konterminierten Staub ausgelöst wurden, verstorben.

Spuren von Nanothermit konnten in hoher Konzentration im Staub nachgewiesen werden. Fotos belegen geschmolzenes Gestein in den Kratern. Ebenso wurden Tage später noch Pfützen aus glühendem Metall entdeckt und eine Satellitenaufnahme beweist, dass es noch Wochen später heiße Stellen in den Kratern gab. Das ist ein Beleg für eine thermonukleare Reaktion. Nichts erzeugt sonst eine Hitze, die hartes Gestein in solch großen Mengen und so schnell schmelzen kann und Stahl über Wochen flüssig hält. Feuerwehrleute sagten aus, dass die Sohlen ihrer Arbeitsstiefel wegschmolzen.

Etwa 50.000 Tonnen Stahl, die von den ganzen Gebäuden übriggeblieben waren, wurden eiligst auf eine stillgelegte Deponie auf Staten Island gebracht und von dort nach China verfrachtet und eingeschmolzen, noch bevor ein Gutachter sie zu Gesicht bekam. Die beauftragte Firma verdiente damit rund 2,5 Millionen Dollar.

Das Triebwerk, welches man fast vier Blocks vom WTC entfernt auf der Straße fand, wurde als ein CFM56 Triebwerk identifiziert, dass nicht zu einer B767 sondern zu einer viel kleineren B737 gehört.

Im April 2003 wurde die Maschine mit der Registrierung N591UA auf dem Flughafen von Chicago als Flug UA1111 abgefertigt. Wie kann das sein, wenn genau diese Maschine doch zwei Jahre vorher bei Shanksville abgestürzt sein soll?

Jahre später wurde eine B767-223ER mit der Seriennummer 22332 zum Verkauf angeboten. Wie kann man ein Flugzeug verkaufen, was am 11. September 2001 als Flug American 11 im Nordturm des WTC zerschellt sein soll? Später wurde dann behauptet, es hätte sich um einen Tippfehler gehandelt und die richtige Seriennummer wäre 22330. Nur dieses Flugzeug wurde ein Jahr zuvor in Los Angeles schwer beschädigt und später verschrottet.

Weder beim Bureau of Transportation Statistics, noch bei der Federal Aviation Administration waren die Flüge American 11 und American 77 am 11. September 2001 gelistet. Sie haben damit offiziell nicht stattgefunden.

Telefonieren mit dem Handy aus einem Flugzeug

ist heute Normalität, damals aber so tatsächlich nicht möglich gewesen. Im Wartungshandbuch von American Airlines stand außerdem, dass am 28. Januar 2001 die Bordtelefone in den Boeing 757 deaktiviert wurden.

Natürlich war Osama bin Laden ein Terrorist, der sich, nachdem die CIA keine Verwendung mehr für ihn und Al-Qaida hatte, auch gegen seine ehemaligen Auftraggeber wandte. Viele Anschläge trugen seine Handschrift, nur mit dem elften September hatte er mit ziemlicher Sicherheit nichts zu tun.

Die Handlung und die Namen der handelnden Personen sind frei erfunden. Übereinstimmungen mit tatsächlich existierenden Personen wären daher rein zufällig.

Die Namen von realen Personen, die mit ihrem Bezug zum in die Handlung eingebetteten, geschichtlichen Hintergrund in der Handlung vorkommen, wurden geändert.

Öffentliche Personen sind mit ihren realen Namen nur aus tatsächlichen Nachrichten von Fernsehen Printmedien oder öffentlichen Publikationen zitiert. Sie sind somit nicht Bestandteil der frei erfundenen Handlung.

Volker Jochim
im tradition Verlag

Gib mir das Gefühl zurück
Novelle / September 2015

Ein Mann erfährt bei einem Besuch seiner Heimatstadt vom Tod seines Jugendfreundes, mit dem er auch in der 68er Bewegung aktiv war, bevor sich ihre Lebenswege trennten. Überrascht davon, wie sich sein Freund von einem überzeugten Kommunisten zu einem Unternehmer wandelte, arbeitet er, zusammen mit der Witwe seines Freundes, die Vergangenheit auf.

Auf einfühlsame und doch unterhaltsame Weise, wird hier der 68er Generation ein Spiegel vorgehalten.

Nied Blues
Ein Frankfurt Krimi / September 2015

Die Nacht zu Fastnachtssamstag. Eine schwarz gekleidete Gestalt mit einem auffallend weißen Gesicht eilt durch den Nebel, der von Main und Nidda kommend, in die Straßen des Frankfurter Stadtteils Nied zieht. Kurz darauf wird diese Gestalt auf der Treppe an der Wörthspitze ermordet aufgefunden. Kommissar Keller, ein kauziger, wortkarger Mann, der wegen seiner unkonventionellen Methoden bei seinem Dezernatsleiter schon lange in Ungnade gefallen ist, muss mit den Ermittlungen beginnen, bekommt den Fall am nächsten Tag aber wieder entzogen. Ein junger Hauptkommissar übernimmt und präsentiert kurz darauf einen Verdächtigen - einen Künstler, der die Tote als letzter gesehen hatte. Heimlich ermittelt Keller mit seinem Assistenten Petersen weiter und kommt zu dem Schluss, dass das Motiv dieses Mordes weit in die Zeit des zweiten Weltkrieges zurückreicht. Der Fall nimmt eine für alle völlig überraschende Wendung.

Ein spannender Frankfurt Krimi mit historischem Hintergrund.

Kommissar Mareks trügerische Idylle
Kommissar Marek wandert aus
Mareks erster Fall
Neuauflage / März 2016

Kriminalhauptkommissar Robert Marek vom Morddezernat der Kripo in Frankfurt/Main ist wegen seiner unkonventionellen Methoden bei Kollegen und Vorgesetzten nicht gut gelitten. Aufgrund seiner überdurchschnittlichen Aufklärungsquote soll er auch noch zum BKA versetzt werden, was er jedoch auf jeden Fall verhindern will. Er nimmt Urlaub und fährt mit seinem alten 2CV nach Caorle, einer historischen Kleinstadt im Veneto. Dort hofft er, eine Lösung seines Problems zu finden. Er lernt die attraktive Journalistin Silvana kennen, die ihn überredet, sich vorzeitig pensionieren zu lassen und nach Caorle zu ziehen. Sie besorgt ihm eine Wohnung und im Herbst des gleichen Jahres zieht er nach Italien.

Im Frühsommer des folgenden Jahres entdeckt Marek eine eigenartig über den Rand eines Müllcontainers drapierte Leiche. Bei der Aufnahme der Zeugenaussage lernt er den jungen Brigadiere Ghetti der örtlichen Carabinieri kennen und bietet ihm seine Hilfe bei der Aufklärung des Falles an, die der junge Mann gerne annimmt.
Nach zwei weiteren brutalen Morden scheint der Fall zu eskalieren. Sie stehen vor einem Sumpf aus Behördenkorruption und groß angelegten Grundstücksspekulationen, bis es ihnen gelingt, eine Verbindung zwischen den Morden herzustellen und ein Motiv sichtbar wird.

Dreikönigsfeuer
Kommissar Marek stößt an Grenzen
Mareks dritter Fall / April 2016

In der Nacht zu Epiphania (hl. Drei Könige) soll in der italienischen Kleinstadt Caorle im Veneto der alte Brauch des Dreikönigsfeuers wieder aufleben. Am Strand wird ein riesiger Scheiterhaufen aufgerichtet, der nachts feierlich entzündet werden soll. Auch der pensionierte, ehemalige Hauptkommissar des Frankfurter Morddezernats, Robert Marek, der nun in Caorle lebt, seine Freundin, die Journalistin Silvana Rafaeli und sein Freund, der Carabiniere Michele Ghetti wollen daran teilnehmen. Als aus dem brennenden Scheiterhaufen ein seltsamer Geruch aufsteigt, versuchen Marek und Ghetti das Feuer zu löschen. Dabei kommt eine bereits völlig verbrannte, menschliche Gestalt zum Vorschein. Am folgenden Tag konfisziert der italienische Staatsschutz die Leiche und alle Unterlagen und entbindet die Carabinieri von diesem Fall. Wer war der Tote und warum soll dieser Mord geheim gehalten werden? Marek und Maresciallo Ghetti ermitteln trotzdem weiter.

Der Fall konfrontiert sie mit der undurchsichtigen Welt der Geheimdienste, der Korruption in weiten Teilen der Politik, der Mafia und mit den kriminellen Machenschaften hinter den Mauern des Vatikans. Dabei gerät Marek in Lebensgefahr und muss einsehen, dass er gegen die Übermacht aus Politik, Kirche und Geheimdiensten nahezu machtlos ist und kaum eine Chance hat. Er ist an Grenzen gestoßen, die stärker als alle Gesetze sind.

Der letzte Kreis der Hölle
Kommissar Marek kommt ins Grübeln
Mareks vierter Fall / Dezember 2015

Die dreijährige Tochter eines deutschen Schönheitschirurgen verschwindet scheinbar spurlos aus dem Ferienhaus der Eltern in Caorle. Nach einer groß angelegten Suchaktion geht die örtliche Polizei von einer Entführung aus. Nur, es gibt keinerlei Spuren, die auf die Beteiligung einer fremden Person schließen lassen könnten. Als sich direkt nach dem Verschwinden des Mädchens plötzlich das Bundeskriminalamt einschaltet, ist Mareks Interesse geweckt. Es beginnt ein perfides Katz- und Mausspiel zwischen den Behörden, der Polizei und den Betroffenen, dessen Ende das Vorstellungsvermögen der Ermittler weit übersteigt. Obendrein ist Marek am Grübeln, ob dieser Ort für ihn noch der richtige zum Leben ist.

…des die Rache ist
Kommissar Mareks fünfter Fall
Januar 2017

Marek findet einen Pfarrer erschlagen vor dessen Altar. Kurz darauf wird der Besitzer eines exklusiven Möbelhauses tot in seinem Haus aufgefunden. Beide Opfer hatten die gleiche seltsame Tätowierung. Marek ist überzeugt, dass beide Morde zusammenhängen und das Motiv in der Vergangenheit zu suchen ist. Maresciallo Ghetti versucht die Lebensläufe beider Opfer zu rekonstruieren, kommt aber bei dem ermordeten Pfarrer nur ein paar Jahre zurück, bis zu seinem Aufenthalt in einem Kloster. Ein Leben davor scheint nicht zu existieren. Dann geschieht ein weiterer Mord. Die Spur führt zu einem über zwanzig Jahre alten Fall, bei dem ein Polizist getötet wurde und der bis heute nicht aufgeklärt werden konnte.

Ein äußerst raffinierter Fall, der Marek und Ghetti bis zu seinem furiosen und überraschenden Finale einiges abverlangt.

Tod im Kreis
Ein Mühlheim Krimi
September 2016

Privatdetektiv Henry Pieroth erhält den Auftrag den Mörder eines Mädchens zu finden. Er ahnt nicht, dass dieser Mord erst der Anfang einer Serie von äußerst bizarren und grausamen Morden ist, welche die sonst so friedliche Kleinstadt Mühlheim am Main in Angst und Schrecken versetzt und bei der eine spätmittelalterliche Dichtung eine große und tragende Rolle spielt.

Ein äußerst spannender Mühlheim Krimi um einen besonders perfiden Fall.